Schule der Arbeitslosen

Eine stillgelegte Fabrik in einem niedergegangenen Industriegebiet. Zweistöckig. Das Gebäude wurde provisorisch renoviert – aufgeteilt in einzelne Räume und Zwischenräume: *coaching zones, training points, recreation sectors …* Im ersten Stock Schlafräume, Waschgelegenheiten und Duschen. Trennwände sind in aller Eile errichtet worden. Die Wände sind aus Spanplatten – weißgetüncht. Im Erdgeschoss liegen die Büros: Sekretariat, Trainerzimmer, Schulleitung und weitere Räumlichkeiten. Daneben die Kantine, eine Kantine ohne Küche, aber mit Automaten für Getränke, Suppen und Fertiggerichte. Im Keller liegt der Meditationsraum und das *Gym*. Darin befinden sich Fahrradergometer, Rudermaschinen, ein Solarium und eine einzige Palme.

Früher war das Gebäude Teil einer Fabrik für Autoradios. Innerhalb weniger Monate war ihr Konkurs abgewickelt. Für den symbolischen Preis von einem Euro ging das Gebäude über in die Zuständigkeit von SPHERICON.

SPHERICON stellt keine Autoradios her. Auch keine anderen Dinge. Wenn überhaupt, dann produziert SPHERICON Möglichkeiten – letzte Möglichkeiten – für Menschen, die von sich glauben oder glauben wollen, all ihre Möglichkeiten verspielt oder aufgebraucht zu haben. SPHERICON ist ein Maßnahmen-Center. Es setzt Maßnahmen um, die von den jeweiligen Job Centers der Bundesagentur für Arbeit angeordnet werden – Maßnahmen zur Schulung arbeitsloser Personen. Es bündelt alle zu ergreifenden Maßnahmen zu einer umfassenden Schulung. Weit mehr als nur eine fachliche Schulung. Vielmehr eine Lebensschulung. So steht es auf dem Briefkopf. Auf Deutsch und auf Englisch. *School of Life*. Schule des Lebens.

SPHERICON ist eine Wohnschule für arbeitslose Erwachsene. Die erwachsenen Schüler gehen nach dem Unterricht nicht nach Hause, sondern werden ganztägig begleitet und betreut. Schüler wie Lehrer übernachten auf dem Schulgelände. Sie stehen in ständigem Kontakt und Austausch. Die Unterrichtsfächer werden den Schülern (Trainees) nicht vorgegeben, sondern je nach Bedarf entwickelt. Dem unterliegt ein ganzheitliches Menschenbild. Nichts ist undenkbar. Und selbst wenn alle denk- und undenkbaren Maßnahmen keinen unmittelbaren Erfolg haben, so die Überlegung, dann gehen die Schüler/Trainees aus der Schulung dennoch gestärkt hervor: stabilisiert, euphorisiert, flexibilisiert.

SPHERICON ist absolut freiwillig.

. / .

Das Schuljahr in SPHERICON ist in Trimester unterteilt. Jeder Kursus dauert ein Trimester, etwa drei Monate, dann kommen die nächsten Trainees. Das Trimester beginnt mit der Übergabe der Trainees durch Vertreter der Bundesagentur. Sie begleiten die Trainees bei ihrer Anfahrt nach Sphericon. Sie sind bei der Einschulung präsent. Sie handeln im wahrsten Sinne des Wortes *in loco parentis* – wie Eltern: Sie reden bei der Übergabe der Trainees mit den Lehrern, besichtigen Klassenzimmer, inspizieren die Schlafgelegenheiten, sind bei der Ansprache des Schulleiters präsent. Sie handeln kaum anders als wirkliche Eltern handeln würden, die nach reiflicher Überlegung entscheiden, ihr Kind in ein Internat zu geben, zum Wohle des Kindes, weil es anders nicht mehr geht. Sie, die Arbeitsvermittler, führen mit den Arbeitslosen in den Job Centers ausführliche Gespräche: Gespräche über die Unabwendbarkeit von Sphericon. Über Sphericon als große Chance. Eine Lebenschance. Sie sprechen in der Tat elterngleich: geduldig, fürsorglich, vorsorglich … Zum wiederholten Male. Sie appellieren an die Einsicht ihrer Schützlinge – im Jargon der Bundesagentur heißen sie auch: *Clients* oder *Patients*. Sie rechnen ihnen ihre Lage vor, in Worten wie in Zahlen. Sie rechnen offen und ehrlich: in Monaten und in Jahren, in Millionen und in Milliarden, in Menschen- und in Geldsummen. Sie sprechen – wie zu Sterbenskranken – von Sphericon als neuartiger Methode. So wie Ärzte von neuartigen Operationsmethoden sprechen. Sie verweisen auf den ausgezeichneten Ruf von Sphericon und reichen den neuen Schulprospekt: ›School of Life‹. Manche der Fotos in dem Prospekt nähren ein vages Gefühl von Schul- oder Studentenzeit. Die Schüler tragen eine Art dunkler Schuluniform. Sie, die

Arbeitsvermittler, schweigen schmunzelnd. Später zitieren sie einzelne Sätze aus dem Prospekt: *Arbeitslosigkeit ist kein Schicksal.* Und SPHERICON keine gewöhnliche Schule. Sie überlassen den Arbeitslosen die Entscheidung – raten aber dringend zu. Und deuten an, dass sie nicht jedem ein solches Angebot unterbreiten. Nicht jedem. Man stellt denjenigen, die das Angebot annehmen, einen besonders vorteilhaften Status in den Dossiers der Bundesagentur in Aussicht. Einen Sonderstatus. Bei vollen Bezügen. Krankenversicherung bleibt bestehen. Sie reichen den Schulvertrag: zur Ansicht, dann zur Unterschrift. Mit der Unterschrift sind die Unterzeichnenden (der Bezeichnung nach) nicht mehr arbeitslos. Jedenfalls nicht mehr wirklich.

Die Arbeitslosen heißen nun Trainees. Bereits die Sprache SPHERICONS ist ein Neuanfang. Sobald die Trainees unterschrieben haben, werden sie von ihren Arbeitsvermittlern in SPHERICON angemeldet. Per E-Mail oder Fax. Die Arbeitsvermittler schicken Dossiers und Unterlagen an die Schulleitung. Überdies Bewerbervideos der Trainees. Dies als Formalität. Sie reichen den Trainees eine Auflistung der Habseligkeiten, die sie mitnehmen sollen – oder mitbringen dürfen. Sie geben den Trainees Tipps zur Vorbereitung auf den Schulalltag – nicht immer ein leichter Alltag – eine Umstellung auf ein Leben ständiger Übung und Herausforderung. Sie nennen Ort und Zeit, wann und wo sie sich zur Abfahrt einzufinden haben. Die Anreise nach SPHERICON erfolgt in Bussen der Bundesagentur.

Die ganze Zeit setzt man auf Freiwilligkeit – und auf Einsicht. Aus eigener Einsicht haben die Trainees die Notwendigkeit eingesehen. Sie selbst haben den Schulvertrag nach Hause genommen, ihn studiert und schließlich unterschrieben. Sie haben ihren Freunden und Familien davon erzählt, ihnen ihre Einschulung angekündigt, durchaus mit einem Ausdruck der Zuversicht. An manchem Familientisch erlebten Eltern und ihre Kinder zum ersten Mal seit Jahren Anzeichen von Hoffnung, wenn nicht Euphorie: dank SPHERICON. Eine Schule ... Eine Chance ... Jedenfalls ein Anfang ... Der Schulprospekt kreiste in hellen Farben mit den Beratschlagungen der Familien um den Esstisch. Vornehmlich die Kinder waren von dem Prospekt angetan, besonders von den Schuluniformen. Wie auch von der Schulfahne, dem pädagogischen Konzept und seinen vielen englischen Bezeichnungen: *Campus kommt von Camp* ... So steht es im Prospekt. Neben vielen anderen Dingen. Begleitet von Fotos: Fotos zweier Trainees (Mann und Frau) in einträchtiger Arbeit an einem Computermonitor. Fotos einiger Trainees beim Baseballspiel. Manche Familie öffnete zur Vertragsunterzeichnung eine Flasche Wein. Oder saß bis spät in den Abend – fast ausgelassen.

·/·

Wenige Tage später finden sie sich mit Gepäck auf dem Parkplatz des Arbeitsamtes ein. Dort wartet ein frisch gewaschener Bus der Bundesagentur. Mitarbeiter der

Agentur eilen dienstbeflissen über den Parkplatz: Sie winken, sie grüßen, sie nicken, sie erklären. Ihr Winken ist ein Herbeiwinken: Kommen Sie nur näher. Sie stehen mit Namenslisten in ihrer Hand. Jeder Teilnehmer wird aufgerufen und registriert. Personalausweise werden eingesehen. Mit seiner Unterschrift bestätigt jeder Teilnehmer seine Anwesenheit. Jeder darf nur einen Koffer oder eine Tasche mitnehmen. Anweisung der Bundesagentur. Allen Teilnehmern der Maßnahme ist dies brieflich mitgeteilt worden. Neben anderen Punkten: Sozialversicherungsausweis, Schreibsachen, Englischgrammatik, Kulturbeutel, angemessene (d.h. dunkle) Kleidung, Socken, Unterwäsche, Pyjamas … Die meisten Teilnehmer sind in Begleitung von Freunden oder Angehörigen gekommen. Sie stehen unscheinbar am Rand des Hofes, jede Familie, jedes Paar für sich – in kaum hörbaren Gesprächen. Sie werden aus den oberen Fenstern des anliegenden Bürohauses beobachtet. Andere Teilnehmer sind alleine gekommen. Ohne sich von jemandem zu verabschieden, besteigen sie den Bus. Von einer freundlich nickenden Mitarbeiterin der Bundesagentur werden sie darin bestärkt. »Sie können gerne einsteigen.« Also steigen sie ein, suchen sich einen Platz und setzen sich. Starren gegen die Rückenlehnen der Vordersitze. So als würde der Bus bereits fahren. Die anderen Teilnehmer stehen noch draußen und sprechen und rauchen. Sie werden von ihren Angehörigen aufgemuntert. Mit kleinen Gesten. Per Händedruck. Oder mit leisen Worten, die vom Wiedersehen an Weihnachten sprechen, das in nicht einmal vier Monaten sein wird – gleich nach dem Ende des Trimesters. Wie schnell die Zeit vergehen wird. Selbst diese Zeit. Einige Angehörige machen Fotos. Fotos von Vätern und Müttern kurz vor ihrer Einschulung. Mit Mantel und mit Koffer und gar nicht so schlechten Aussichten. Im Hintergrund leuchtet der Bus der Bundesagentur, der sie nach SPHERICON bringen wird. Manche Teilnehmer stehen in der Tat wie Schüler – vor ihrer Einschulung. Oder kurz vor ihrer Versendung in ein Internat. Sie stehen in übertriebener Haltung, in steifarmiger Beherrschtheit neben ihren Familien und erleben wortlos ihren Abschied. Sie schauen auf die Uhr. Blicken in den Himmel. Oder auf den Boden … Der Busfahrer mahnt zur Eile. Die Koffer sollen endlich in den Laderaum des Busses. Die Luken stehen bereits offen. Die Trainees sammeln sich. Sie sammeln sich an der falschen Luke. Der Fahrer treibt sie zu einer anderen Luke. Sie stehen ihm entweder zu dicht gedrängt oder zu weit von ihm entfernt, bewegen sich entweder zu phlegmatisch oder unbeholfen-eifrig. Sind stets zur falschen Zeit an der falschen Stelle. Oder an gar keiner Stelle. Halten ihre Koffer in der falschen Hand. Oder wenn in der richtigen Hand, dann stehen sie an der falschen Luke oder an gar keiner Luke. Jede ihrer Bewegungen ist für den Fahrer eine verfehlte Bewegung, eine Bewegung ohne Sinn, ohne Ziel, ohne Zug, ohne Linie … Er reißt ihnen die Koffer aus der Hand. Jeder Koffer ist ihm ein gesondertes Ärgernis, eine Sinnlosigkeit, reine Platzverschwendung, vergebliche Mühe. Die Begleiterin der Bundesagentur kann ihn kaum beruhigen. Sobald die Trainees ohne Koffer sind, bewegen sie sich auf die andere

Seite des Busses. Dort stehen sie. Wie zum Schutz. Verabschieden sich von ihren Freunden oder Familien. Steigen ein. Je näher ihnen der Busfahrer kommt, desto schneller steigen sie ein. In schiefen Bewegungen gehen sie durch die Reihen des Busses, möglichst weit nach hinten. Der Bus ist in den hellen Farben der Bundesagentur gestrichen. Das neue Logo (ein langgezogenes A) ist weithin sichtbar. Darunter in kleineren Buchstaben: ›Bundesagentur für Arbeit‹. Und daneben der Slogan: *Deutschland bewegt sich.* Als Letzte besteigt die Begleiterin der Bundesagentur den Bus. Sie nickt dem Fahrer zu. Die Türen schließen sich. Der Fahrer startet den Motor und fährt den Bus aus dem Hof. Die Angehörigen der Teilnehmer winken hinterher. Im Bus gehen die Blicke nach vorne, auf die Rücklehnen der Vordersitze oder schräg aus den Fenstern. Aus eigener Einsicht …

»*Aus eigener Einsicht …*« So sagte es ein berühmter Talkmaster im Fernsehen, so sagte es der Bundespräsident in einer Ansprache, so steht es in den Handbüchern der Bundesagentur: Einsicht in die eigene Lage, in die Unhaltbarkeit fehlgeleiteter Hoffnungen und Wünsche, in die Ungangbarkeit eines beschrittenen Lebensweges. Wenn man will: Einsicht in ein falsch begangenes Leben. Beziehungsweise in ein fehlgeplantes, ja fehlgeschlagenes Leben. Gleich der Einsicht von Strafgefangenen oder Drogenabhängigen: *Wir haben falsch gelebt. Falsch!*

. / .

Die Begleiterin der Bundesagentur ergreift das Mikrofon. Sie trägt einen blauen Rock und eine weiße Bluse mit kleinen farblichen Nuancen. Ein wenig wirkt sie wie eine Flugbegleiterin. Ihre Kleidung entspricht dem neuesten Dress Code der Bundesagentur. Es gibt drei Kleidungsstufen: *business, business casual, smart casual* (Abstufungen nach IBM-Standard). Sie trägt, da dies eine offizielle Dienstreise ist, business casual. »Ich grüße Sie. Mein Name ist Neumann. Es ist Donnerstag, der 01.09., 11 Uhr 30.« Mittels einer Liste überprüft sie die Anwesenheit der Teilnehmer. Sie nickt, sie vergleicht, sie notiert. Sie erklärt den Teilnehmern: »Wir fahren nun etwa 150 Kilometer. Machen Sie es sich bequem. Genießen Sie die Landschaft.« Sie schaltet das Mikrofon aus und geht von Sitzreihe zu Sitzreihe, von Teilnehmer zu Teilnehmer. Sie spricht, sie informiert, sie muntert auf – je nachdem. Das Alter der Trainees geht von Mitte zwanzig bis Mitte vierzig. Einige sitzen mit ernsthaften Hoffnungen. Hoffnungen auf ein irgendwie geartetes Weiterkommen dank SPHERICON. Sie sitzen aufrecht und studieren den Schulprospekt. Oder lernen Englischvokabeln. Nicht ohne Stolz empfangen sie die wohlwollenden Blicke der Begleiterin. In diesen Momenten wirkt sie wie eine fürsorgliche Stewardess. Andere sitzen ohne allzu große Hoffnungen. Sie starren auf die Autobahn. Und werden ihrerseits angestarrt, aus dem Inneren vorbeifahrender Autos. Manche Autofahrer überholen den Bus langsam, um einen Blick zu erhaschen, andere in übertriebener Geschwindigkeit, so als wäre der Bus ein gefährliches Omen. Oder eine ansteckende Krankheit.

Der Busfahrer spielt Musik. Einige Trainees haben Schultaschen dabei, entweder neu gekaufte Schultaschen oder Schultaschen aus ihrer Schulzeit, mit Unterlagen, Bescheinigungen und Zeugnissen. Die unterschiedlichsten Schulabschlüsse befinden sich in diesen Taschen: Hauptschulzeugnisse, Realschulzeugnisse, Abiturzeugnisse … Einige tragen Universitätsgrade mit sich … Weitere Bildungs- und Weiterbildungs- und Berufsbescheinigungen liegen wie Trumpfkarten in gesonderten Dokumentenmappen bereit.

Die Begleiterin verteilt Lunchpakete. Jeder bekommt ein Käse- und ein Schinkensandwich, ein hartgekochtes Ei und einen Schokoladenriegel. Später holt sie aus einer Kiste rechteckige Kunstledermappen, die sie den Teilnehmern überreicht: »Eine kleine Aufmerksamkeit der Bundesagentur zum Schulanfang …« Mit diesen Worten geht sie von Sitz zu Sitz. Jede Mappe enthält einen Collegeblock, zwei Kugelschreiber, einige Blankostundenpläne, CD-Rohlinge, ein Päckchen Kaugummis und ein Buch – die Romanversion der berühmten Fernsehserie ›Job Quest‹. Noch auf der Fahrt fangen die ersten Trainees an darin zu lesen.

Auf einem Parkplatz an der Autobahn machen sie Rast. Der Busfahrer gewährt den Teilnehmern eine Pinkelpause. Genau fünf Minuten. Keine Minute mehr. Manche steigen aus, um sich zu strecken. Sie gehen einige Schritte – letzte eigenständige Schritte. Die Aufschrift des Busses ist überall zu sehen: ›Bundesagentur für Arbeit‹. Die Reisenden in den anderen Bussen schauen hinüber: Wer aus diesem Bus aussteigt. Wie sie aussteigen. Wie sie angezogen sind. Ihre

Blicke gehen verlegen zur Seite, zurück in ihren eigenen Bus, Richtung Urlaubsreise, weit weg, vielleicht nach Frankreich oder Spanien; während die Trainees – wie Fremdkörper – zwischen all den Reisebussen umherwandeln – eher stolpern als wandeln. Oder herumstehen, als würden sie zum letzten Mal in ihrem Leben irgendwo stehen. Die Begleiterin der Bundesagentur treibt zur Eile. Sie ruft die Arbeitslosen mit lauter Stimme zusammen. Wenn sie wollte, könnte sie ein Megaphon herbeiholen. Es liegt unter ihrem Sitz. Der Fahrer startet den Motor. Er hupt. Schon zum wiederholten Male, in kurzen, energischen Stößen. Die letzten der draußen Verbliebenen steigen ein. Die Türen schließen. Langsam fährt der Bus an den anderen Bussen vorbei, wie eine rollende Plakat- oder Kinoleinwand: ›Bundesagentur für Arbeit. Deutschland bewegt sich‹. Sie fahren zurück auf die Autobahn, Richtung SPHERICON.

Die Begleiterin überprüft die Vollständigkeit der Teilnehmenden. Eine Formalität nach jedem Zwischenstopp. Sie zählt vor und wieder zurück. Sie zählt ein erstes Mal und ein zweites Mal … Zwei Teilnehmer fehlen. Sie stellt dies fest, ruhig, ohne jede Erregung, ruft die einzelnen Teilnehmer erneut namentlich auf und vermerkt ihre Anwesenheit in einer Liste. Nun kennt sie die Namen der beiden Vermissten. Zwei Vierzigjährige. Ein Mann und eine Frau. Die Frau trug einen Lodenmantel. Keiner hat die beiden wirklich gesehen. Niemand weiß, ob sie zusammen gegangen sind oder jeder für sich alleine im angrenzenden Wald verschwunden ist – oder sich noch irgendwo auf der

Raststätte befindet, in der Ecke eines Waschraums oder auf irgendeiner Toilette. Die rechteckigen Kunstledermappen liegen noch auf ihren Sitzen. Ihre Koffer sind unten im Laderaum. Die Begleiterin meldet es dem Busfahrer. Er kommentiert dies mit einer wegwerfenden Handbewegung. So als hätte er nie etwas anderes erwartet: nicht nur von dieser Pinkelpause, sondern von der ganzen Fahrt, von jedem einzelnen Gesicht seiner arbeitslosen Fracht – verschwendete Müh! Dann greift sie zu ihrem Handy und meldet den Vorfall der Bundesagentur. Minuten später sind die beiden Vermissten erfasst, nicht leibhaftig, sie können gehen, wohin sie wollen, ohne gesucht oder verfolgt zu werden – vielmehr in den Computern der Bundesagentur. Der Vorfall ist unumkehrbar vermerkt. Jeder weitere Anspruch gegenüber der Bundesagentur ist verwirkt. Ab jetzt stehen sie außerhalb jedweder Obhut. Ihre Namen und Daten werden zum Löschen freigegeben. Ihre Koffer werden entsorgt. Als wären zwei Menschen mitten auf dem Meer von einem Schiff gesprungen, ins Nichts.

./.

Nach einer internen Richtlinie der Bundesagentur dienen die Busse vielfachen Demonstrationszwecken: Demonstration der Leistungsfähigkeit, der Bemühung, der Bewegung … Durchaus auch fahrende Schreckbilder, wenn nicht: Abschreckbilder.

· / ·

Der Bus verlässt die Autobahn und durchfährt eine unscheinbare Stadt. An ihren Rändern erstreckt sich ein Industriegebiet aus den achtziger Jahren. Es befindet sich im Verfall. Niemand hätte noch vor wenigen Jahren glauben mögen, dass neu gebaute Häuser so schnell verfallen können. Sie können. Die meisten Gebäude stehen leer. Sie sind von großflächigen Pfützen umgeben. Ihre Dächer liegen eingebrochen auf Schutthaufen. Aus den Wänden wachsen kleine Büsche. Manche Straßen sind gesperrt. Irreparabel. Ihr Asphalt ist an unzähligen Stellen aufgesprungen. Die meisten Straßen haben ohnehin weder Zweck noch Ziel. Sie führen nirgendwo mehr hin. Ihre Gebäude sind verwaist. Also wurden diese Straßen geschlossen. Und so passiert man Straßen- auf Straßennamen, die mit Sperrgittern und Sperrschildern verstellt sind: *Straße geschlossen.*

SPHERICON liegt in der Düsseldorfer Straße. Sie ist noch nicht geschlossen. Ihre Gebäude wurden notdürftig umfunktioniert, in Bowling Centers, Ersatzteillager und sektiererische Gotteshäuser. Eher Gotteszelte als Häuser. Neben einem Versandhaus für Staubsauger beginnt SPHERICON. *School of Life* steht auf einem Spruchband über dem Hauptgebäude. Der Bus hält an der Pforte. Busfahrer und Pförtner heben die Hand zum Gruß. Die Schranke öffnet sich. Der Bus fährt vor das Hauptgebäude. Dort stehen andere Busse der Bundesagentur. Sie kommen aus ganz Deutschland. Ihre Insassen stehen bereits auf dem

Schulhof, vereinzelt, zwischen Bussen verborgen, oder in kleinen Grüppchen. Sie rauchen, blicken sich um und warten ab. Zwei Arten von Gepäck gibt es: Koffer oder Sporttaschen. Die Sporttaschen zeugen von Zuversicht und Bereitschaft. Vielleicht sogar von so etwas wie Jugend. Hinter einer blauen Linie, die quer über den Hof geht, sieht man die ersten Mitarbeiter SPHERICONS. Sie tragen Schuluniform. Vom Inneren des Busses aus gesehen wirken sie wie Zöllner an einer Grenzstation. Stehen betont gelangweilt, den Trainees leicht abgewandt, in beiläufigen Gesprächen. Hände hinterm Rücken verschränkt. Einige andeutungsweise wippend – in der Tat wie Zöllner. Hin und wieder geht ein Blick von ihnen über die blaue Linie hinweg zu den Trainees. Ansonsten werden – wie an jeder eminenten Grenze – die Ankömmlinge erst einmal sich selbst überlassen: Man lässt sie warten. Beobachtet sie aus dem Augenwinkel. Sondiert mit einzelnen Blicken verdächtige Bewegungen oder irgendwelche Besonderheiten. Sonst nichts. Wenigstens für die erste Zeit.

Die Art ihrer Schuluniform: weiße Hose und ein dunkelblauer Blazer mit Schulwappen (eine Pyramide). Die Kleidung wirkt teils akademisch, wie englische Schuluniformen, teils sportlich. In der Façon angelsächsischer Sportarten: Cricket mit einer Andeutung von Baseball. Einerseits nüchtern englisch, andererseits schulterklopfend amerikanisch. Teils Harrow, teils Yale, und ein wenig Deutschland. Je nach Blickwinkel.

Nach und nach beginnen sich die Trainees zu sammeln und zu ordnen. Sie stellen sich hintereinander auf. Es bilden sich erste Schlangen, ohne dass es irgendjemand angeordnet hätte. Sie beginnen vor der blauen Linie in der Hofmitte und enden an den Gepäckluken der jeweiligen Busse. Jede Schlange ist mehr oder weniger ein Buskontingent. Die Türen des letzten Busses öffnen sich. Die Begleiterin steigt aus. Sie geht über den Hof zur blauen Linie, begrüßt einen Mitarbeiter von SPHERICON und reicht ihm Papiere. Er nimmt sie entgegen. Sie kommt wieder zurück und gibt den Businsassen das Zeichen zum Aussteigen. Die Gepäckklappen öffnen sich. Jeder holt sein Gepäck. Dann stehen auch sie mit ihren Koffern oder Sporttaschen auf dem Hof – zunächst unschlüssig, um dann, schneller noch als die anderen Buskontingente, sich hintereinander aufzustellen. Wie von selbst. Ohne ein lautes Wort.

Ein Mitarbeiter SPHERICONS tritt an die blaue Linie. Er hält ein Megaphon, durch das er die Angekommenen jenseits der Linie begrüßt. »Willkommen in SPHERICON.« Er ruft dies mehrere Male. »Willkommen in SPHERICON.« Auf Deutsch und auf Englisch: »Welcome to SPHERICON.« Er dreht sich dabei im Uhrzeigersinn von Buskontingent zu Buskontingent. Spricht in kurzen Sätzen: Ob alle gut angekommen? Gut geschlafen? Ausgeruht? Guter Dinge? Für das neue Trimester bereit? »Ready, able and willing.« Er stellt sich vor: »Armstrong … Stellvertretender Schulleiter … Deputy Headmaster … Armstrong …« Deutet auf das Schulgebäude. *School of Life.* Betont das schöne Wetter. »Welch ein Tag.« Weist auf den Schulhof. Auf den Asphalt des Schulhofes sind großflächig Buchstaben gemalt. In Leuchtfarbe. A, C, H, P1, P2, R, T. »Können Sie das sehen?«

Die Trainees blicken auf den Boden. »Sehen Sie es?!« Sie sehen es. A, C, H, P1, P2, R, T. Jeder Buchstabe ist ein … Buchstabe, ein Kürzel, eine eigene Bedeutung, eine feste Größe, ein eigener, künftiger Klassenverband. In der Sprache SPHERICONS: ein Bewerbungsteam. Eine Gemeinschaft, eine eigene Wohngruppe, ein Schlafraum, ein Esstisch in der Cafeteria. Und noch weit mehr. A, C, H, P1, P2, R, T. An jedem Buchstaben hängt eine Identität, ein eigener Geist, eine Zukunft … An jedem Buchstaben wartet der zuständige Trainer – auch Ansprechpartner, Vertrauenslehrer, Mentor, Teamleader, Captain … Er hält das Megaphon dichter an seinen Mund: »Alle Trainees werden namentlich aufgerufen.« Ein Kollege reicht ihm eine Liste. »Ist das verstanden? *Is that clear?* Alle Trainees werden aufgerufen und begeben sich zu dem angegebenen Buchstaben.« Mit der Bitte um Beeilung. Er beginnt die Namen der Liste zu verlesen: »Amann, Björn … Nach T …« Ein Mann mit einer Sporttasche meldet sich. »T … Gehen Sie über die blaue Linie nach T!« Er geht mit seiner Sporttasche über die Linie nach T. »Bause …« Meldet sich mit erhobener Hand. »P2 …« Eilt zu P2 … »Bergmann …« Ist mit wenigen Schritten an der blauen Linie. »Zu A …« Manche Trainees eilen über die Linie wie über eine viel befahrene Straße. Einige rennen geradezu. »Döring zu P1 …« Nach und nach bildet sich um jeden Buchstaben eine Gruppe. Während die andere Hofhälfte sich leert. Die Busfahrer stehen für sich, in kleinen Gesprächen mit abwinkenden Gesten. Manche der Trainees sind seit Jahren nicht mehr gerannt. Nun rennen sie. Bis der letzte Name aufgerufen ist und bei seinem Buchstaben vor seinem Trainer steht.

Die Trainer sprechen nun zu ihren Gruppen, in kurzen abgehackten Sätzen, so als wären sie selbst gerannt. Sie erklären: (1) Wer sie sind – »Ich heiße Fest, Ansgar Fest.« (2) Vor welchem Buchstaben die Gruppe steht – A. (3) Was A bedeutet? Es bedeutet APOLLO. (4) Was unter einer Gruppe zu verstehen ist? Ein Team, eine Klasse, eine Gemeinschaft. (5) Wo die Gruppe schläft? In einem Schlafraum. (6) Wer die Gruppe unterrichtet? Ansgar Fest. (7) Was ein Lehrer in SPHERICON ist? Ein Ansprechpartner, Mentor, Teamchef und Begleiter. Auch eine Vertrauensperson. Und vieles mehr ... All dies erklärt Ansgar Fest in klaren, knappen Sätzen. Die anderen Gruppen machen sich bereits auf den Weg in das Schulgebäude. Der größte Teil des Schulhofes ist bald menschenleer. Die Begleiter der Bundesagentur stehen abseits.

•/•

Nichts soll so bleiben, wie es ist, heißt ein Credo SPHERICONS. Jede Gruppe, die im Hof aufgestellt wurde, ist eine eigene, neu zusammengestellte Gruppe. Aus bestehenden Gruppen herausgerissen und neu zusammengesetzt. Nach dem Motto der Schulleitung: Diversität, Novität, Kontingenz. Nichts soll so bleiben, wie es ist. Bestehende Verbindungen gilt es aufzumischen. Entstandene Strukturen sind neu zu durchdenken. Immer wieder aufs Neue. Beweglichkeit, Elastizität, Unvorhersehbarkeit. SPHERICON bedeutet fortlaufende Veränderung: ein *Nicht mehr* und ein *Noch nicht.*

Ansgar Fest führt seine Gruppe in das Hauptgebäude. Über der Eingangstür weht die Schulfahne, auf der eine Pyramide zu sehen ist. Es beginnen nun die Formalitäten der Aufnahme, in der Sprache SPHERICONS: *Check-ins.* Registrierung an der Pforte; Abgabe der Personal- und Sozialversicherungsausweise sowie Krankenversicherungskarten; Ausschalten der Handys; Einweisung in die Schlafplätze; Gepäck auspacken; Sanitäre Einrichtungen; Sicherheitsbestimmungen; Hausordnung; Dress Code etc. Ansgar Fest geht voraus. Die Trainees folgen. Im Eingangsbereich hängen Stundenpläne. An einer Tafel kleben Ankündigungen. *Scherenausgabe 8 Uhr. Scherenrückgabe 14 Uhr.* Offensichtlich noch Mitteilungen des letzten Trimesters. An der Treppe stehen Wegweisschilder: Sekretariat, Bibliothek, Schulleitung. Die Korridore riechen nach Desinfektionsmitteln. Trainer Fest führt seine Gruppe mit großen Schritten weiter. Im Laufen erklärt er nochmals: keine Handygespräche vor zehn Uhr abends. Sie kommen an einer Sitzgruppe vorbei – Fest deutet im Vorbeigehen auf die Stühle: »der Aufenthaltsraum.« An der Wand hängen gerahmte Poster und eine Runduhr, im klassischen Stil. Er führt sie zu ihrem Schlafraum am Ende des Korridors. An der Tür steht die Aufschrift ›Apollo‹. Fest öffnet die Tür. Der Raum besteht aus Stahlschränken und Doppelstockbetten. Die weiblichen Trainees schlafen im hinteren Teil des Raumes. Er liegt im Sichtschutz der Stahlschränke, die quer aufgestellt sind. Sie bilden eine Art Grenze. Im vorderen Teil schlafen die männlichen Trainees. Ein Vorhang trennt die beiden Raumhälften. In der Hausordnung SPHERICONS steht zu lesen: *Zusammen lernen bedeutet zusammen leben. Und umgekehrt. In der Regel leben und lernen männliche wie weibliche Trainees in einer Gruppe.* Und: *Dies der Stand modernster Koedukation. Siehe auch: Koedukative Spannungen, koedukative Maßnahmen, koedukative Vibrationen …* Auf jedem Schlafplatz liegt Bettwäsche. Die Farbe ist weiß. Die Wahl der Schlafplätze sollen die Trainees untereinander regeln. An den Schränken hängen Namensschilder. Vorhängeschlösser können an der Pforte abgeholt werden. Toiletten befinden sich auf der linken Seite des Korridors. Waschbecken und Duschen auf der rechten. Auf jedem Kissen eines Schlafplatzes liegt die Hausordnung und ein Informationsblatt. Es ist Donnerstag, der 1. September 2016. Uhrzeit 16 Uhr.

Ansgar Fest hat den Schlafraum verlassen. Man hört seine Stimme im Korridor. Er spricht nicht, sondern ruft. Er ruft einen Kollegen und meldet ihm organisatorische Dinge: verlorene Taschen, Uhrzeiten, Stundenpläne, Klassenzimmer, Filzschreiber, Scheren … In den anderen Korridoren hört man ähnliche Rufgespräche, nicht unfreundlich, eher fröhlich, von anpackender Fröhlichkeit und Gemeinschaftlichkeit – Ferienlagerrufe. Die Trainees von APOLLO stehen im Schlafraum unter sich: die männlichen Trainees in der vorderen Hälfte, die weiblichen in der hinteren Hälfte. Die Trainees kennen einander nicht. Sie haben sich nie zuvor gesehen. Sie wissen nicht, wie sie sich ansprechen könnten: Mit welchem Namen? Mit Du oder Sie? Einige sagen spontan Du. Andere Sie. Andere sagen gar nichts. In der hinteren Hälfte von APOLLO wird früher gesprochen als in der vorderen Hälfte – erste, stockende Worte, Worte wie: »Ich heiße …« Leise gesprochen. Namen sind kaum zu verstehen. So leise werden sie gesprochen. Fast flüsternd. »Ich heiße …« Und nach einer Pause fügt die eine Stimme hinzu: »Ich bin … Floristin.« So als wollte sie sich erklären. Auch wenn sie längst keine Floristin mehr ist. Sonst wäre sie ja nicht hier. Doch hält sie daran fest. Sie trägt sogar eine Bluse mit bestickten Blumen. So sehr hält sie an sich fest. Ihr Gegenüber hält ebenfalls daran fest. Mit heller Stimme spricht sie das Wort Blumen. Sie reicht ihr die Hand und sagt: »Ich heiße Karla.« Mit Händen und mit Blicken halten sie aneinander fest. Ein anderer Trainee öffnet das Fenster und blickt minutenlang ins Freie. Er sieht auf das benachbarte Versandhaus für Staubsauger. Es ist mit Natodraht gesichert. Im Hintergrund hört man die Busse der Bundesagentur. Sie fahren aus dem Schulhof, hinaus auf die Straße, im Konvoi Richtung Stadt … Bald sind sie nicht mehr zu hören. Die ersten Trainees sondieren die Wahl ihrer Betten. Ob oben oder unten? Am Fenster oder an der Wand? In der Nähe der Schränke oder möglichst weit weg von ihnen? Sie erkunden ihre Schlafmöglichkeiten in verstohlenen Seitenblicken. Gehen stockenden Schrittes auf ein bestimmtes Bett zu, um sich im letzten Moment wieder abzuwenden. Oder um es auf anderem Wege wieder neu zu umkreisen. Mancher umkreist die umkreisenden Schritte eines anderen. Dies geschieht in aller Stille, in verschlungenen Bewegungen und Gegenbewegungen – die Männer vor dem Vorhang, die Frauen hinter dem Vorhang. Kaum ein Wort wurde bisher gesprochen. Außer: Ich heiße. Und: Ich bin. Die meisten wählen ihre Schlafplätze stumm. Einige wenige sprechend. Andere stehen unschlüssig im Raum.

Sie haben zwei Stunden Zeit: Zeit zum Auspacken, Bettenmachen, Frischmachen etc. Auch zum kennen lernen. Sowie zum Lesen der Hausordnung. Abendessen ist um 18 Uhr. Davor Münzausgabe. So steht es im Informationsblatt auf den Kopfkissen. Nach dem Abendessen Zimmerreinigung. Um 19 Uhr dann die Ansprache des Schulleiters. Bettruhe um 23 Uhr.

Die ersten Trainees räumen ihre Schränke ein. Andere laufen die Korridore entlang. Vor und wieder zurück. In tastenden, verlegenen Schritten. Ohne irgendein Ziel. Wieder andere liegen auf ihren Betten und lesen in ›Job Quest‹ oder blättern in der Hausordnung. Die Hausordnung umfasst an die hundert Seiten – eher ein Buch als nur eine Broschüre. Weit mehr als eine gewöhnliche Hausordnung. Vielmehr eine umfassende Ordnung, eine Schul- und Lebensordnung. Wenn man will eine Lebensphilosophie. Daher auch der großbuchstabierte Titel: ›A New Life‹.

./.

Sphericon *ist eine freiwillige und freie Schule. Hier leben etwa 150 Trainer und Trainees. Jeder kennt hier jeden. Das Leben hat hier Vorrang vor allem anderen …*
A New Life

./.

Sphericon *ist eine internationale Schule. Unsere Trainer kommen aus der ganzen Welt. Die Unterrichtssprache ist Deutsch – mit variablen Englischanteilen, je nach Bewerbung oder Unterrichtssituation …*
A New Life

./.

Lebenslängliches Lernen: Wenn das Leben gelernt sein will, dann stellt sich die Frage, wie und wodurch? Am besten durch das Leben selbst …
A New Life

./.

Yale Method: Vielfältigkeit lernt man in der Variabilität wechselnder Bezugssysteme … Und: *Wer die eigenen Ziele entdeckt, findet seinen Weg leichter* … Und: *Mit der Zeit umgehen lernen, heißt denken lernen* … Und: *Der eigene Erfolg hat etwas erfreulich Ansteckendes* …
A New Life

./.

Hausaufgaben: Hausaufgaben gibt es bei uns nicht. Wir haben sie zur Aufgabe der Schule gemacht und in den Trainingsalltag integriert …
A New Life

./.

SPHERICON *ist weder Konzept noch Programm, sondern ein System* … *Das umfassende Einschreiten gegen jede Art von Stillstand oder Inaktivität* … Und: *Strafen gibt es in* SPHERICON *keine. Damit ist aber nicht gesagt, dass keine Fehler gemacht würden* …
A New Life

./.

Zero Tolerance: Kein Mitleid mit Selbstmitleid.
A New Life

./.

Dress Code: Wir verzichten bewusst auf herkömmliche Schuluniformen. Stattdessen setzen wir auf die freiwillige Einhaltung eines Dress Codes: dunkle Hose und ein dunkles Hemd, auch T-Shirt oder Pullover …
A New Life

./.

Freizeit: In SPHERICON *gibt es strenggenommen keine Freizeit, aber Zeit: Zeit zum Tun, Zeit zum Machen, Zeit zum Verbessern, Zeit zum neu Anfangen … Work is freedom.*
A New Life

./.

Cafeteria: Sie ist geöffnet von 6 Uhr bis 23 Uhr. Getränkeautomaten, Lebensmittelautomaten, Speiseautomaten bieten ein reichhaltiges Angebot für Hauptmahlzeiten oder kleine

Snacks zwischendurch. Jederzeit gibt es Kaffee und andere warme Getränke sowie zwei verschiedene Arten von Suppen … Und: *Für Vegetarier gibt es gesonderte Speise- und Lebensmittelautomaten …*
A New Life

.**/**.

Münzen: Die Automaten in der Cafeteria bedürfen besonderer Münzen (Bonus Coins). Sie werden bei der Münzausgabe im Sekretariat gegen Vorlage des Gruppenleiterprotokolls ausgegeben …
A New Life

.**/**.

Work is Freedom. Der Satz findet sich nicht nur in der Hausordnung, sondern auch auf Postern, die an verschiedenen Punkten im Schulgebäude aufgehängt sind. Ein Poster zeigt einen Wildwasserfahrer, im Moment der größten Anstrengung und Gefahr. Andere Poster zeigen Radfahrer, Bergsteiger oder Taucher …

.**/**.

Der Satz gilt auch in seiner Umkehrung: *Freedom is Work.*

./.

Ein weiteres Poster zeigt eine Gruppe junger Menschen im ausgelassenen Gespräch. Im Hintergrund sieht man das spinnwebenhafte Ohr eines Fremden – und den Satz: *Careless talk costs jobs.*

./.

Es ist kurz vor 19 Uhr. Die Trainees haben sich in der Schulhalle eingefunden, einer ehemaligen Fabrikhalle, aus der alle Maschinen entfernt wurden. Die Dimensionen sind beeindruckend. Wie ein riesiger Flugzeughangar. Mit überdimensionierten Schiebetüren, die ins Freie gehen. Die Trainees sitzen auf einfachen Plastikstühlen. Vorne ist eine Bühne aufgebaut. In der Mitte der Bühne steht ein Rednerpult. Links und rechts davon Stühle für den Lehrkörper. *Trainer Corps* bzw. *Trainerstab.* Hinter der Bühne hängt die Schulfahne. Unter dem Schulwappen, der Pyramide, steht der lateinische Satz: ›Labor improbus‹. Unablässige Arbeit, tägliche, unverdrossene Arbeit. Durch einen Seiteneingang treten die Trainer auf die Bühne. An erster Stelle der Schulleiter. Auch er trägt Uniform: weiße Hose und einen dunkelblauen Blazer mit Schulwappen. Gefolgt von dem stellvertretenden Schulleiter, Mr. Armstrong, und den anderen Trainern. Sie setzen sich. Alle wirken sehr jung: jugendlich, kameradschaftlich, aufgeschlossen. Im Schulprospekt steht: *Keiner unserer Trainer ist älter als 35 Jahre. Die Jugend unseres Trainerstabs ist Programm.* Mehr als Programm, eine Pflicht. Auch der Schulleiter ist noch jung, ein wenig älter als der übrige Trainerstab, doch insgesamt jung. Braungebrannt und mit weißen Zähnen. Gesund und voll gesundem Optimismus. Eher wie ein Fußballtrainer als wie ein Schulleiter. Ein Fußballtrainer vor einem entscheidenden Fußballspiel. Er schreitet zum Rednerpult, und die Halle verstummt. Er lächelt. Er begrüßt die Trainees. Er begrüßt sie als *freshers*. Zu Deutsch: Erstsemestler. Er begrüßt sie freudig-jovial, in einem Tonfall, der zu sagen scheint: Ihr seid richtig hier. Ganz und gar richtig. Die Anwesenheit jedes einzelnen bereits eine beachtliche Tat, eine mutige Kehrtwende, ein Neuanfang ... Er begrüßt die Begleiter der Bundesagentur. Sie sitzen auf gesonderten Stühlen. Er begrüßt den Trainerstab. Dann stellt er sich vor. »Mein Name ist Benkdorff, Ulrich von Benkdorff.« Er nennt die Nummer seines Büros, die Zimmernummer sowie die Telefonnummer. Dann stellt er sein Trainerteam vor. Jeder Trainer, der genannt wird, erhebt sich mit der Andeutung eines Grußes. Auch Ansgar Fest: Gruppenleiter und Teamchef von Apollo. Bewerbungstrainer. Studium in Harvard. Dreisprachig. Ein Bewerbungsprofi. Alle Lehrer in Sphericon, so der Schulleiter, seien weit mehr als nur Fachtrainer. Sie sind ständige Begleiter und Betreuer,

Ansprechpartner und Berater, weit über das Unterrichtsprogramm hinaus. Sie wohnen auf dem Campus, nicht weit von den Schlafräumen. Insgesamt gibt es sieben Schlafräume: Apollo, Carnegie, Hartz, Parsons, Philadelphia, Ricardo, Taylor. Jeder Schlafraum ist ein eigener Ansatz, ein eigenes Vorgehen, eine eigene Gruppe. Jede Gruppe ist sorgsam, nach reichlicher Überlegung zusammengestellt: nach Alter, nach Geschlecht, nach Bildungsgraden und Persönlichkeitsprofilen. Zusammengesetzt nach einem eigenen Computerprogramm des Schulpsychologen – Dr. Lichtenstein. Auch er erhebt sich mit der Andeutung eines Grußes. Eine Gruppe ist ein Team – Trainingsteam, Lernteam, Bewerberteam –, das von einem Trainer begleitet, geführt, betreut wird. Bis in die Mahlzeiten hinein …

Dann kommt der Schulleiter zu seinem eigentlichen Thema: zu Sphericon selbst. Was Sphericon ist. Was Sphericon will. Was Sphericon bewirkt und bedeutet. Es bedeutet Öffnung. Die Öffnung sämtlicher vertrauter Zustände. Die Öffnung aller festen, eingerosteten Verhältnisse mit ihrem ganzen zählebigen Gefolge. Es bedeutet die Öffnung eingefahrener Gewohnheiten. Die Öffnung geistiger Dunkelkammern. Die Öffnung pessimistischer Aber-Haltungen. Wie auch die Öffnung sonstiger verwahrender Aber-Haltungen. Bis hin zu zwischenmenschlichen Aber-Haltungen. Es gibt in Sphericon kein Aber. Sphericon bedeutet das Aufbrechen des Eises in unseren Köpfen. Die Überschreitung jedweder Bisherigkeit. Das Aufsprengen aller Eingleisigkeit: *ein* Weg, *eine* Richtung, *eine* Wahrheit.

Wortbildungen, die mit den Silben *Mono* gebildet werden, bedürfen der Überprüfung. Wörter wie *immer* oder *nur* bedürfen der Überprüfung. Vorstellungen von *einzig und allein* unterstehen einer kritischen Aufsicht. SPHERICON bedeutet Kritik. Selbstkritik und Fremdkritik. Anfangskritik, Zwischenkritik und Endkritik. *We are nothing if not critical.* Shakespeare. SPHERICON bedeutet Bewegung. Fortlaufende Bewegung. Bewegung aus Prinzip. Bewegung aus Notwendigkeit. Bewegung aus Freude. Bewegung bis hin zur Erschütterung. SPHERICON ist ein Neuanfang, Tabula Rasa, eine Zäsur. »Vergessen Sie alles, was Sie bisher gelernt haben.« Ein Satz aus den Früh-, aus den Pionierjahren SPHERICONS. »Vergessen Sie alles, was Sie bisher gelernt haben.« Ein Satz aus unzähligen Unterrichtsstunden. Ein grausam, unmenschlich verletzender Satz, doch ein notwendiger Satz. Am Ende ein Befreiungssatz.

Für einen Moment hält von Benkdorff inne. Er greift nach einem Glas Wasser. Die Begleiter der Bundesagentur schauen einander an, als würden sie sich zunicken. Wir sind richtig hier. Ganz und gar richtig.

Der Schulleiter spricht weiter: über Philosophie und Pädagogik, über Trainingsmethoden und über das bevorstehende Trimester. Über Computerspiele und *Bonus Coins.* »Taschengeld wäre das falsche Wort. Bei uns gibt es kein Taschengeld, sondern Lohn, Lohn für Arbeit, *Bonus Coins.*« Er spricht über Frühstückszeiten und Zimmerreinigung. Über Durchsetzungsvermögen und Gemeinschaft. Er spricht in Bildern des Radsports: Training, Training und nochmals Training. Er spricht über Tritt- und Pulsfrequenzen. All das bedeutet Arbeit, nichts als Arbeit. Und er spricht über die Geschichte der Arbeit. Während der gesamten Menschheitsgeschichte war Arbeit a priori gegeben. Sie hat die Menschen Jahrtausende lang begleitet, belagert, verfolgt. In den letzten Jahren hat sich dies verändert. Die Arbeit verfolgt nicht mehr. Wir verfolgen sie. Wir fahnden nach ihr. Mit allen Mitteln. Wie nach einem kostbaren Rohstoff. Oder wie Jäger nach Beute. Die eigentliche Arbeit ist heute nicht mehr die Arbeit selbst, sondern die Suche nach Arbeit. Ein arbeitsloser Mensch ist *nicht* ein Mensch ohne Arbeit. Im Gegenteil. Er ist ein Mensch mit einer ungleich schwierigeren Arbeit, der Arbeit, überhaupt eine Arbeit zu finden. Dies ist die anspruchsvollste Form von Arbeit. Vielleicht gar ihre höchste und vollendetste Form. Arbeitssuche ist ein irreführendes Wort. Sucharbeit ist das Wort. Ein Arbeitsloser leistet fortwährende Sucharbeit. Wenn man will, auch Fahndungsarbeit. Letztendlich trägt er mit seiner – oft aussichtslosen – Arbeit die Arbeit anderer. Dies die Arbeitsteilung unserer Zeit. Sucharbeit gegenüber gefundener Arbeit. Verfolgung von Arbeit gegenüber Bewahrung von Arbeit. Eroberung von Arbeit gegenüber der Verteidigung von Arbeit. Letzteres ist bei Weitem das Leichtere. Im Vergleich zur Sucharbeit ist die gefundene Arbeit nur noch eine milde Form der Nacharbeit. Reine Absicherung. Verteidigungsmaßnahmen, Befestigungsarbeiten ... Alle Mittel der Arbeitssuche sind deshalb erlaubt. Nicht nur erlaubt, sondern in letzter Instanz notwendig. Alle möglichen oder unmöglichen Wege, Umwege, Seitenwege oder Sonderwege. Jede Finte oder List. Akribie und Ausdauer. Rhetorische Fähigkeiten, Schauspielfähigkeiten. Überdies analytische wie strategische Fähigkeiten. Nerven aus Stahl. Angriffslust. Die Überwindung gewaltiger Bollwerke. Das Anrennen gegen ständige Hindernisse. Das Kapern unzugänglicher Plattformen. Ein Wiederhineinkommen in davon rudernde Boote … SPHERICON leistet alle erdenkliche Hilfe. SPHERICON hilft bei der Sucharbeit. Eine Sucharbeit vergleichbar der Suche nach Gold. Oder der Suche nach Diamanten. SPHERICON hilft bei der Fahndungsarbeit, bei der Trainingsarbeit, bei der Bewerbungsarbeit, bei der Regiearbeit. SPHERICON hilft nicht nur, SPHERICON ist nichts anderes als fortwährende Sucharbeit, Fahndungsarbeit, Trainingsarbeit, Bewerbungsarbeit, Beratungsarbeit und Regiearbeit …

./.

Um elf Uhr nachts werden die Lichter in den Schlafräumen gelöscht. Viele Trainees liegen noch wach. Manche laufen die Korridore auf und ab. Niemand hat behauptet, dass dies verboten sei. Andere stehen rauchend an einem geöffneten Fenster. Oder zählen Bonus Coins. Oder sitzen mit ihrem Handy in der Ecke eines Duschraums. Oder sprechen flüsternd unter der Bettdecke mit ihren Familien. *Wie es war? Es war …*

.l.

»Graben Sie!« Auf einer Schubkarre liegen Spaten und Spitzhacken. Trainer Fest ließ sie aus einem Container holen. »Graben Sie weiter!« Die erste Schulstunde des ersten Schultags hatte kaum begonnen, da ist ihr Trainer aufgestanden und hat APOLLO aus dem Klassenzimmer geführt. »Schnell. Schneller.« Sie gelangten über den Schulhof zum Haupttor, das sich wie von selbst öffnete, hinaus auf die Düsseldorfer Straße, auf der sie in Zweierreihen gingen. Sie wurden von hupenden Autos überholt. So als wäre ihre Anwesenheit auf dieser Straße ganz verfehlt. Es erinnerte an das Bild eines unmotivierten Schulausflugs. Und wie bei einem Schulausflug fühlten sie sich auch, ein Schulausflug zu Beginn eines langen Schuljahrs: ein letztes Durchatmen und Vertreten der Beine vor langen, arbeitsreichen Monaten. Selbst das Wetter fügte sich in dieses Bild, an einem der letzten warmen Tage des Jahres. Sie liefen fast ausgelassen in kleinen Unterhaltungen – Unterhaltungen über die Schulzeit, über Schulausflüge, über Lehrer und erste Berufe, über die sie sprachen wie über die erste Liebe …

Am Ende der Düsseldorfer Straße kamen sie zu einem Stück Wiese, auf der ein Container steht, den Fest öffnete, um eine schwer beladene Schubkarre in ihre Mitte zu schieben. Er bedeutete jedem, sich Spaten oder Spitzhacke zu nehmen. Mit einer Schnur legte er einen Umriss über die Wiese. »Graben Sie!«

Die Trainees stehen unbeholfen, wissen kaum, wie Spaten und Spitzhacke zu handhaben sind. Fest zeigt es ihnen. »Graben Sie! Graben Sie weiter! Graben Sie tiefer!« Sie stehen gebückt, können Spaten und Hacken kaum heben, lassen ihr Werkzeug mehr auf den Boden fallen als damit ernsthaft Erde zu lösen. Nur Fest ist es, der wirklich in die Tiefe hackt. Jede seiner Bewegungen ist eine Demonstration: Wie man hackt. Wie man an Boden gewinnt. In die Tiefe kommt. Zentimeter für Zentimeter. Sich an Anstrengungen gewöhnt. »Weiter!« Und er verdeutlicht andeutungsreich, wie es ist, wenn man jeder Anstrengung entwöhnt ist. Schon das Gewicht der Werkzeuge verdeutlicht dies. Manche der von ihm Angesprochenen bewegen sich nur noch zum Schein. »Keine Alibiaktionen«, ruft er und geht weiter, veranschaulicht in zeigenden Gesten, wie man das macht, in runden Bewegungen hackt und Erdreich löst. »So geht das.«

»Wie heißen Sie?«

»Bergmann.«

»Wie bitte?«

»Roland Bergmann.«

»Na dann graben Sie.«

./.

In sauberen Schuhen und frisch gebürsteten Kleidern sammeln sie sich am nächsten Morgen auf der Wiese, stellen sich im Halbkreis um ihr selbstgegrabenes Loch – wie um ein Grab. Und als Grab will Fest das Loch auch verstanden wissen. Jeder soll genau hinschauen. Jeder soll mit seinem ganzen Körper wissen, was es bedeutet, ein Grab ausgehoben zu haben – als erster Schritt ins neue Trimester, in ein neues Leben. Jeder soll sich gut überlegen, wo er steht, nicht ohne Grund an einem Grab, und was es in diesem Grab zu begraben gilt. Nicht nur falsche Hoffnungen, unhaltbare Illusionen oder abstruse Traumgebilde. Nicht nur einzelne Fehler oder Verhaltensweisen oder misslungene Lebensläufe. Es gilt einen Strich zu ziehen, einen Schlussstrich, einen tiefen Grabenstrich. Es gilt ein verfehltes, ein in Sackgassen verranntes Leben offen zu bekennen – und dann zu Grabe zu tragen. Mit allen Konsequenzen und mit der Offenheit für einen wirklichen Neuanfang. So wie all die anderen Gräber, die auf derselben Wiese liegen. Man erkennt sie an ihren einfachen Kreuzen, die mit den Jahrgängen früherer Trainees beschriftet sind: ›Apollo 2012‹, ›Apollo 2013‹ … Jedes Grab ist ein Neuanfang. Und jeder Neuanfang ist ein Abschied, ein Abschied von der Vergangenheit und ein Abschied von sich selbst. Sich selbst neu erfinden. Nicht ohne Grund steht dieser Satz in ›A New Life‹. Einige Minuten stehen sie an ihrem gemeinsam geschaufelten Grab. Manche mit andeutungsweise gefalteten Händen. Fests Worte dringen in ihre Rücken. Später stehen sie schweigend – bevor sie Richtung Campus gehen. Erst dann beginnt das Trimester. Erst dann …

·/·

Um 6 Uhr 15 beginnt das morgendliche Weckprogramm, das über Lautsprecher in die Schlafsäle übertragen wird: *Guten Morgen … Ein neuer Tag … Ein Neuanfang … Bitte aufstehen … Aufstehen … Frühstück … Frühstück um sieben Uhr in der Cafeteria … Denken Sie an die Bonus Coins …* Es spricht eine weibliche Stimme. Ähnlich der Lautsprecherstimmen in Flughäfen, teils beschwichtigend, teils ermahnend: *Bitte aufstehen.* Auf Deutsch und auf Englisch: *Time to get up.* Mit den Minuten immer deutlicher und drängender. *Last Call …* Es liegt kein Trainee nach 6 Uhr 20 noch im Bett. So steht es in einer Richtlinie der Schule. Die meisten Trainees stehen bereits neben ihren Betten. Sie stehen perplex – hantieren planlos an irgendwelchen Gegenständen herum. Jede Bewegung ist getarnte Müdigkeit. Vielleicht sogar Orientierungslosigkeit. Und wenn, heißt es in einer Studie der Bundesagentur, und wenn sie nur lernen zeitig aufzustehen, hat sich die Maßnahme bereits gelohnt. Aus den Lautsprechern kommt nun Musik, die Titelmusik der Fernsehserie ›Job Quest‹. Die Musik beginnt im Rhythmus eines rastlosen Basses, der immer schneller und schneller schlägt, am Ende im Stakkato hämmernder Stöße, kaum anders als Fäuste, die gegen Türen trommeln, während aus einem fernen Hintergrund die hellen Töne eines Synthesizers wie eine Erlösung in den Raum dringen … Die ersten Trainees treten in Turnschuhen auf den Gang. Schreiten mit Waschbeuteln in den Waschraum. Duschen sich. Putzen die Zähne. Kleiden sich an. Achten auf den Dress Code (dunkle Hose, dunkles Hemd oder T-Shirt). Gehen in die Cafeteria und frühstücken. Bonus Coins für die Automaten haben sie am Abend zuvor aus dem Sekretariat erhalten. Ein besonderer Frühstücksautomat bietet Croissants, Doughnuts und Muffins – alle in der Größe eines zentralen Schlitzes, aus dem die Trainees ihr Frühstück nehmen. Aus einem anderen Automaten kullern hartgekochte Eier. Sie frühstücken schweigend. Kauen starrend, starren kauend. Blick auf die Tischplatte. Die Tischplatte des APOLLO-Tisches ist gelb. Die anderen Teamtische haben andere Farben. Nur wenige leise Unterhaltungen: Woher man kommt? Bei welchem Job Center gemeldet? Neuigkeiten aus der Fernsehserie ›Job Quest‹? Manche Trainees betrachten die Schalen der Eier, die sie soeben gegessen haben. Sie zerbröseln die Schalen mit den Fingern und schieben sie auf der Tischplatte hin und her, formen Linien mit ihnen – feingemahlene Verteidigungslinien.

Gespräche von Teamtisch zu Teamtisch sind nicht verboten. Trotzdem bleiben die Tische im Großen und Ganzen für sich. Nur wenige Unterhaltungen gehen über einzelne Tische hinaus, etwa von CARNEGIE zu TAYLOR. Woher kommt ihr? Wie ist euer Trainer? Wie war eure Beerdigung? Wo sind wir hier überhaupt? Über all dem die weibliche Flughafenstimme, die per Lautsprecher das Sortiment der Frühstücksautomaten aufzählt. Sie wünscht – in regelmäßigen Abständen – guten Appetit, macht Zeitangaben, erinnert an den Unterrichtsbeginn. Sowie an das Bettenmachen. Freut sich mit den Trainees auf den Neuanfang. Der Beginn eines neuen Lebens. Sie zählt die letzten Minuten des Frühstücks. Irgendwann erklärt sie es für beendet. Mit lauter Musik und immer deutlicheren Worten …

Nach dem Frühstück gehen die Trainees in ihre jeweiligen Schlafräume. Bettenmachen nach den Vorgaben einer Skizze in ›A New Life‹. Sie putzen die Zähne. Packen ihre Schulsachen. Betrachten Stundenpläne. Gehen beizeiten in ihre Klassenzimmer.

Classroom Apollo: Vier Reihen Schulbänke. Sie stehen hintereinander. In der hintersten Reihe befinden sich Computer. Vorne die Tafel und ein Pult. Daneben stehen Regale mit Büchern und Lehrmitteln. Bei der Tür ist ein durchsichtiger Wassertank aufgestellt. An den Wänden hängen gerahmte Fotos. Porträtfotos. Das Klassenzimmer füllt sich. Die Trainees nehmen Platz. Manche betrachten die gerahmten Fotos an der Wand. Andere ordnen ihre Schulsachen. Oder warten ohne jede Regung auf den Beginn des Unterrichts.

7.30 Uhr. Trainer Fest betritt das Klassenzimmer. »Good Morning.«

./.

Ein Schultag in Sphericon geht von 6 Uhr 15 in der Früh bis 11 Uhr abends – mit gelegentlichen Nachtaufgaben. Unterrichtsbeginn ist um 7 Uhr 30. Es folgen sechs Schulstunden à 45 Minuten, mit fünfminütigen Pausen. Mittagessen ist um 12 Uhr 30. Danach eine Phase der Regeneration: *Power Napping*, das ist ein intensiver Kurzmittagsschlaf, der nicht länger als dreißig Minuten dauert, angezogen auf der Bettdecke, nicht unter der Bettdecke. Daran fügt sich ein dreistündiger Nachmittagsunterricht. Danach *Coffee Break*, in der Cafeteria, je nach Bonus Coins. Um 16 Uhr 30 beginnt eine Phase aktiver Erholung. Sie geht bis 18 Uhr. Der Fernsehraum ist in dieser Zeit offen. Es läuft die berühmte Fernsehserie ›Job Quest‹. Die meisten Trainees sehen in ihrer Freizeit ›Job Quest‹. Sie sitzen wie elektrisiert. Andere Trainees lesen lieber die Romanversion. Oder gehen in den Keller und arbeiten an den Geräten im Gym. Der Aufenthalt im Freien ist ebenfalls möglich (nach Rücksprache mit der Pforte). Um 18 Uhr ist Abendessen – wieder je nach Bonus Coins. Danach beginnt das Repetitorium, die Wiederholung, Automatisierung und Anwendung des am Tage angeeigneten Lernstoffs, alleine oder in kleinen Gruppen: Bewerbungsarbeit, Arbeit an Lebensläufen und andere Arbeitsaufträge. In dieser Zeit finden auch therapeutische Gespräche mit dem schuleigenen Psychologen statt. Um 11 Uhr abends ist Bettruhe.

»In Sphericon gibt es strenggenommen keine Freizeit, aber Zeit: Zeit zum Tun, Zeit zum Machen, Zeit zum Verbessern, Zeit zum neu Anfangen …« So steht es in ›A New

Life‹. »Zeit zum Lernen, Zeit zum Nachdenken, Zeit zum Umdenken. Zeit für neuartige Lebensentwürfe. Zeit für autobiographische Konzeptionen. Zeit für Verbesserungen. Zeit für fortwährende Bewerbungsarbeit …«

·/·

Die berühmte Fernsehserie ›Job Quest‹. Die ewige Serie fortwährender Suche, die Suche nach Arbeit, mit wechselnden Protagonisten, die auf abenteuerlichsten Wegen nach Arbeit suchen und sie am Ende auch finden. Sie suchen mit eigenen Papieren oder mit geliehenen Papieren oder mit gefälschten Papieren: zu Lande, zu Wasser, in der Luft; mit Freunden, ohne Freunde, gegen Freunde … Jede Folge zeigt die Suche eines neuen Protagonisten, der im letzten Moment, nach unzähligen Kämpfen und Rückschlägen eine Stelle bekommt, nicht einfach bekommt – vielmehr verdient, erkämpft, erzwingt – wie ein unabweisbares Schachmatt. Es gibt in der Welt von ›Job Quest‹ kaum Zufälle, allenfalls glückliche Fügungen, vor allem aber die Unablässigkeit grenzenlosen Mutes. In manchen Fällen auch Verwegenheit. Ein Protagonist rast zu seinem Vorstellungsgespräch mit einem gekaperten Auto. Ein anderer springt während des Vorstellungsgesprächs aus dem Bürofenster auf einen fahrenden Lastwagen. Kein Mensch hat in dieser Welt Arbeit aus Zufall oder weil er sie immer schon hatte. Jede Arbeit verdankt sich vielmehr den Hasardstreichen heldenhafter Alltagsmenschen. *Just do it!* Mittlerweile gibt es die Serie auch als Computerspiel: Über Mauern, durch Rohre, aus der Luft überwindet der Protagonist endlose Hindernisse und Widersacher auf seinem Weg in das Innere einer schwerbewachten Fabrik …

./.

Trainer Fest betritt das Klassenzimmer.
»Guten Morgen.«
Er sucht die Blicke der Trainees.
»Wie geht's?«
Manche Trainees nicken.
»Wie geht's?«
Er fragt auf Deutsch, dann auf Englisch.
»How are you?«
Dann schließt er die Tür.
»Alles in Ordnung?«
»Gut geschlafen?«
Fest öffnet seine Jacke.
»Are you all right?«
Keine Antwort.
»Are you all right?«
»…«
»What's your name?«
»Berg…mann.«

»And your first name?«

»Roland.«

»Roland Bergmann. Are you all right?«

»Yes.«

»Enjoyed the digging?«

»...«

»Enjoyed the digging?«

»...«

»English doesn't seem to be your forte.«

»...«

»Are you with me?«

»...«

»Roland Bergmann, are you with me?«

»Yes.«

»Do you speak English?«

»...«

»You are not really with me.«

Und er geht weiter. Einige Trainees holen ihr Englischbuch hervor. *Business English in 100 Days.* Andere schlagen ihre Collegeblöcke auf. Sie sitzen mit Stiften in der Hand, so als wären sie jederzeit bereit, die Sätze des Trainers mitzuschreiben.

»You are not really with me ... You are not even with yourself ... Or in yourself ...«

Wieder Deutsch.

»Seid ihr alle hier?«

Er zieht seine Jacke aus.

»Seid ihr hier?«

Ein langer Blick durchs Klassenzimmer.

»Seid ihr wirklich hier?!«

Die Trainees schauen sich um.

»Hier?!«

Er zeigt in verschiedene Richtungen.

»Hier?! Oder da? Oder dort? Oder weiter drüben? Oder draußen? Spürt ihr euch?«

Er wirft seine Jacke auf einen Stuhl.

»Hört ihr euch?«

Keine Antwort.

»Seht ihr euch?«

Keine Antwort.

·/·

Das Fach Bewerbungstraining geht über viele Stunden, nahezu täglich, das ganze Trimester hindurch. Trainer Fest unterrichtet dieses Fach. Ein Schlüsselfach. Er unterrichtet darüber hinaus die Fächer Biographisches Arbeiten, Dramatisches Gestalten, Internetpräsenz, Telefontraining, Business English. Im Verlauf des Unterrichts hat er sich seinen Schülern vorgestellt: Geboren in London, aufgewachsen in Deutschland, Studium in Harvard. Tätigkeit als Anwalt. Autor eines Buches. Ein Buch über Bewerbung und Meditation. Leiter eines Campingplatzes in Südfrankreich. Einfach so. Aus einer Laune heraus. Wie zum Beweis äußerster Beweglichkeit. Anpassungsfähigkeit und biographischer Offenheit. Sein Lebensmotto: *Fest sei, was Fest sein soll.* Nicht mehr und nicht weniger. Er erzählt dies in verstreuten Nebensätzen. Zur exemplarischen Auflockerung und Verdeutlichung, insbesondere im Fach Bewerbung. Das Fach zerfällt in Bewerbungstheorie und Bewerbungspraxis. Fest spricht in knappen Sätzen: Was eine Bewerbung ist. Wie sie kommunikationstheoretisch einzuordnen ist. Er spricht über die Geschichte der Bewerbung. Bewerbung im Mittelalter (Minnesang). Bewerbung im 19. Jahrhundert, Bewerbung im 20. Jahrhundert, Bewerbung im 21. Jahrhundert – ein Multimedia an Bildern, Grafiken und Tönen. Er zeichnet Bewerbungsmodelle an die Tafel: Bewerbungssender, Bewerbungsempfänger, Bewerbungsmedien: Der Bewerbungsbrief. Das Bewerbungstelefonat. Der Bewerbungsfilm. Bewerbungssongs, Bewerbungskleider, Bewerbungsbrillen, Bewerbungszähne, Bewerbungssportarten, Bewerbungsästhetik ... Doch dies, so Fest, sind nur Spielereien, Präliminarien, erste Ein- und Hinführungen ...

Er lässt Tageszeitungen verteilen. Mit der Anweisung, die Stellenanzeigen darin genau zu studieren, sie gegebenenfalls auszuschneiden. Vor jedem Trainee liegt eine Schere. Sie werden vor dem Bewerbungsunterricht in einer besonderen Scherenausgabe des Sekretariats ausgegeben. Die Scheren sind ein ständiges Thema. Ein Steckenpferd des Schulleiters. Er liebt Scheren. In von Benkdorffs Büro sollen sich Hunderte von Scheren befinden. In den unterschiedlichsten Farben und Größen. Er legt größten Wert auf Scheren. Jeder Trainee soll bei der Zeitungsanalyse über eine eigene Schere verfügen. Fest geht durch die Klasse und überprüft dies. Er möchte auf jedem Arbeitsplatz eine Schere sehen. Die Scheren sind nummeriert. Er hält die Trainees dazu an, mit den Scheren sparsam umzugehen, nicht unnötig herumzuschneiden, nur erfolgversprechende Anzeigen auszuschneiden. Die Trainees lesen die Stellenanzeigen in aufrechter Haltung. Keiner von ihnen hält seine Zeitung in ihrer ganzen Breite aufgefaltet. Die Zeitungen liegen flach auf den Schultischen. Fest geht durch die Reihen von APOLLO. Es ist völlig still. Hin und wieder der fragende Blick eines Trainees zu Fest, der neben ihm steht und gemeinsam mit dem Trainee einen Blick auf eine Stellenanzeige wirft: Ob diese Anzeige womöglich ...? Wer weiß, so die stille Antwort des Trainers im Weitergehen. Wer weiß. Greift ein Trainee zur Schere und beginnt damit, eine Anzeige auszuschneiden, dann ist dies im ganzen Klassenzimmer zu hören: das Durchschneiden des Papiers, das Quietschen der Schere. Mancher hält mitten im Schneiden inne. So als wollte er jeden Schnitt wieder rückgängig machen. Andere schneiden zügig weiter, um der stillen Aufmerksamkeit der Klasse zu entgehen. Jeder einzelne Schnitt in eine Annonce weckt die Blicke der anderen – besonders die Blicke von Fest: Ob das Ausschneiden dieser Stellenanzeige wirklich hilfreich ist? Die meisten Trainees schneiden deshalb nur äußerst sparsam. Andere überhaupt nicht. Sie sitzen ohne jede Regung und starren auf die Zeitung. Es gibt auch nicht allzu viele Stellenanzeigen, die man ausschneiden könnte.

Später bittet Fest die Trainees die ausgeschnittenen Stellenanzeigen vorzutragen. Sehr zögerlich melden sich einige Trainees und lesen ihre Stellenanzeigen vor: Stelle eines Bauingenieurs. Stelle eines Verfahrenstechnikers. Stelle einer Floristin … Sie lesen stockend, oft in mehreren Anläufen. So als wären diese Stellen schon sprachlich außer Frage. Sakrosankt. Unaussprechbar, weil unerreichbar. Unerreichbar, wenn nicht gar unvorstellbar. In dieser Weise sprechen sie die Stellenanzeigen – in schwerfälligen Mundbewegungen und dem Gedanken: Eine solch großflächige Stellenanzeige in meinem Mund. Der bloße Gedanke scheint bereits blasphemisch. Als würde man sich in eindeutigen Sätzen daran machen, eine unerreichbare Frau anzusprechen – oder eine solche Möglichkeit in der Phantasie auch nur anzudenken. So sprechen sie die Stellenanzeigen. Manche Berufe werden kaum hörbar ausgesprochen, wie ein entlegenes Räuspern. Sie sprechen diese Berufe wie entfernte Erinnerungen. Oder wie halluzinierte Gebilde. Fata Morganas. Derart unwirklich klingen die Stellenanzeigen in ihren Mündern.

Fest hört jeden einzelnen Trainee an. Er nickt. Er bedankt sich. Blickt von Trainee zu Trainee. Und fragt:

»Warum lesen Sie mir diese Stellenanzeige vor?«

»Weil …« – die Befragten brechen ab.

»Warum gerade diese Stelle?«

Die Befragten sitzen verstummt.

»Weil ich …«

»Ja?!«

Sie bricht ab.

»Warum ausgerechnet diese Stelle?«

»Weil ich … Floristin … *bin.*«

»Floristin?«

Sie hält die Anzeige ein wenig empor: »Blumengeschäft sucht Floristin.«

Fest: »Lesen Sie uns die Anzeige noch einmal vor.«

Sie liest die Anzeige, diesmal fast flüssig: »*Wir suchen für unser Blumengeschäft eine kreative, freundliche und flexible Floristin. Sie arbeiten ergebnisorientiert, sind kontaktstark und scheuen sich nicht davor mit anzupacken …*«

»Lesen Sie weiter!«

»*Ihr Alter …*«

»Weiter!«

»*Ihr Alter … liegt idealer…weise zwischen 25 und 35 Jahren …*«

Fest: »Sind Sie zwischen 25 und 35 Jahre?«

Sie antwortet nicht.

»Sind Sie zwischen 25 und 35 Jahre?«

Nach einer langen Pause: »Nein, ich bin es nicht.«

Fest: »Sie sind es nicht.«

Sie ist es nicht. Seit zwei Jahren ist sie es nicht.

Er ruft den Nächsten auf: Warum ausgerechnet diese Stelle? Stelle eines Kaufmanns. Warum keine andere Stelle? Warum überhaupt eine Stelle?

Er antwortet in halben Sätzen: Dass er Kaufmann ist … Oder es früher einmal war … Es immer sein wollte … Man könnte es vielleicht … versuchen …

»Wie bitte?«

»Versuchen.«

»Versuchen Sie es!«

»Wie bitte?«

»Versuchen Sie es. Im Sekretariat steht ein Telefon. Gehen Sie nach unten und versuchen Sie es!«

Er steht nicht auf.

Er geht nicht zum Telefon.

Er versucht es nicht.

Fest geht durch die Reihen und fragt weiter: Warum gerade diese Stellenanzeige? Warum keine andere Anzeige? Warum überhaupt eine Anzeige? »Glauben Sie ernsthaft, sich auf eine Stelle bewerben zu können, aus keinem anderen Grund, als weil Sie früher einmal eine solche Stelle hatten. Oder weil sie eine solche Stelle gerne hätten? Glauben Sie das ernsthaft?« Er lässt die Zeitungen zusammenfalten und spricht über die Absurdität einer solchen Haltung: Weil etwas früher, deshalb auch heute … Weil etwas heute, deshalb auch morgen … Weil eine Stellenanzeige, deshalb eine Stelle … »Glauben Sie das ernsthaft?«

Er sammelt die Zeitungen ein.

Verlässt das Zimmer.

Lässt die Trainees in ihrer Pause sitzen.

Kommt wieder ins Zimmer.

Verteilt erneut Zeitungen – genau dieselben Zeitungen. »Versuchen wir es noch einmal. Öffnen Sie die Zeitungen. Gehen Sie zu den Anzeigen. Suchen Sie!«

Die Trainees suchen, nicht mit den Händen, nur mit den Augen. Keiner wagt eine falsche Regung, die Berührung einer falschen Anzeige oder überhaupt irgendeiner Anzeige. Jede Anzeige scheint falsch, absurd, illusionär, verwegen.

Fest schreitet durch die Reihen und blickt den Trainees

über die Schultern. »Wenn man heutzutage eine Stelle finden will, dann gibt es keine 36 Möglichkeiten. Oftmals nicht einmal zwei Möglichkeiten. Suchen Sie!«

Die angesprochenen Trainees blättern weiter.

»Und weiter!«

Es sind kaum mehr Seiten zum Weiterblättern übrig …

»Stopp!«

Er nimmt dem Trainee die Zeitung aus der Hand und sagt: »Hier sind Sie richtig.« Fest zur ganzen Klasse gesprochen: »Alle öffnen die Zeitung auf Seite 52!«

Alle öffnen die Zeitung auf dieser Seite.

Auf dieser Seite beginnen die Todesanzeigen.

»Suchen Sie sämtliche Tote, die nach 1970 geboren wurden! Besser noch nach 1975. Suchen Sie!«

»Suchbegriffe: *Unfall, plötzlich, viel zu früh* … etc. etc.«

»Suchen Sie!«

»Markieren Sie!«

»Suchen Sie nach Berufsbezeichnungen …«

»Wenigstens nach Berufshinweisen …«

»Oder beruflichen Anspielungen …«

»Bringen Sie Adressen in Erfahrung …«

»Die Adressen irgendeines Angehörigen …«

»Rufen Sie die Auskunft an …«

»Hier ist ein Handy …«

»Rufen Sie an …«

»Nummer aufschreiben …«

»Rufen Sie die Angehörigen an …«

»Kondolieren Sie …«

»Bieten Sie Hilfe an …«

»Fragen Sie nach dem Arbeitgeber …«
»Fragen Sie weiter …«
»Rufen Sie den Arbeitgeber an …«
»Kondolieren Sie …«
»Bedauern Sie …«
»Bieten Sie …«
»Bieten Sie Hilfe an …«
»Jederzeit können Sie einspringen …«
»Jederzeit …«
»Auf der Stelle … Sofort …«
»Noch vor der Beerdigung …«
»Sprechen Sie …«
»Sie sind jung … gesund … und bereit!«
»Am Leben …«

•/•

Zunächst ist es Fest, der die Telefonate führt, in simulierten Gesprächen. Am Ende gar in wirklichen Gesprächen. Seine Trainees können den Unterschied nicht immer ausmachen. Gespräche mit Angehörigen, mit Nachbarn, mit Arbeitgebern … verstorbener Menschen. In einer einzigen Schulstunde kam Fest auf zwei Stellenzusagen. En passant. Aus dem Stegreif. Als wäre es kaum der Rede wert. Später telefonierten die Trainees, anfänglich zögerlich, dann – von Fest getrieben – immer direkter. Egal um welche Stelle es sich handelt: Stelle eines Krankenpflegers, Stelle eines

Konditors … »Versuchen Sie es! Telefonieren Sie!« Eigene Qualifikationen spielen keine Rolle. Es geht um das Bewerbungsgespräch als solches. Als eigene Kunstform. Es geht um das Bewerbungsgefühl. Das bloße Gefühl einer freien Stelle. Das Gefühl mit einem Arbeitgeber sprechen zu können. Ihm sogar einen Schritt voraus zu sein. Ihm alle gefragten und ungefragten Qualifikationen (rein fiktional) bieten zu können. Jederzeit bei ihm anfangen zu können. Jederzeit. Und schließlich geht es um das Gefühl einer Zusage. Das bloße Erlebnis einer Zusage. Für die meisten Trainees das erste Erlebnis seit Jahren, vielleicht sogar die erste Zusage im ganzen Leben. Auch wenn es nur eine vorläufige Zusage ist, vorbehaltlich der Eignung und der Zeugnisse, die man später beibringen wird. Man wird sie nicht beibringen. Man wird die Stelle nicht antreten. Natürlich nicht. Es handelt sich um Übungstelefonate. Unter realistischen Bedingungen, jedoch Übungstelefonate. Von der Bundesagentur genehmigt. Fingerübungen, die aufzeigen, was möglich ist. Nicht mehr und nicht weniger. Wirkliche Bewerbungsaktionen folgen erst später.

./.

Fest: »Wenn man heutzutage eine Stelle finden will, dann gibt es keine 36 Möglichkeiten. Oftmals nicht einmal zwei Möglichkeiten. Meist nur einzige Möglichkeiten. Die muss man nutzen, um jeden Peis.«

· / ·

In seinem Lebenslauf steht: Roland Bergmann. Geboren 1977 in Backnang. Gymnasium. Abitur. Nach dem Abitur Studium der Biologie. Studienabschluss Diplom. Danach war er sechs Jahre an der Universität tätig, durchaus vielversprechend, als Wissenschaftlicher Angestellter. Seit drei Jahren ist er arbeitslos. Er sitzt vorne links. Seine Bewerbungsunterlagen liegen vor ihm ausgebreitet. Er blickt nicht ohne Hoffnung. Früher als alle anderen Trainees ist er morgens aufgestanden, noch vor der Weckstimme, hat sich ausgiebig geduscht und sein Gesicht nach dem Rasieren mit Rasierwasser betupft. Alles an diesem Morgen schien ihm ein vielversprechender Neuanfang. Selbst das Zähneputzen. Gleich nach dem Frühstück hat er sich ins Klassenzimmer gesetzt und Englischvokabeln gelernt, insbesondere die unregelmäßigen Verben: *dig, dug, dug … arise, arose, arisen …* Sein Daumen streichelt das oberste Blatt seines Lebenslaufes. Er hält den Lebenslauf für einen gelungenen Lebenslauf, übersichtlich, in ruhigen Sätzen, in einer gediegenen Schrift, Westminster, voll der Qualifikationen und Weiterqualifikationen, der Praktika und Veröffentlichungen. Nicht ohne Genugtuung betrachtet er den Stempel des Diplomzeugnisses und den Satz: *Prüfung mit Auszeichnung bestanden.* Nicht jeder besteht eine Diplomprüfung mit Auszeichnung. Auch wenn er einräumen muss, dass sein Englisch nicht besonders fließend ist. Er blickt auf den ausgestreckten Arm seiner Nebensitzerin:

ein noch jugendlicher Arm. Er erinnert Roland Bergmann an die Arme seiner Schulzeit: sich streckende und reckende Arme oder einfach nur liegende Arme. Wie der Arm seiner Nebensitzerin. Er liegt einfach nur neben ihm, still und gleichmütig, auf der Schulbank, ohne zu merken, wie nah er eigentlich der anderen Tischhälfte gekommen ist. Fast berührt der Arm Roland Bergmans Bewerberunterlagen – wie aus langjähriger Vertrautheit. Seine Nebensitzerin heißt Karla Meier. Sie ist 36 Jahre alt. Ihr Alter ist ihr egal. Sie würde sich keine Gedanken darüber machen, stünde es nicht auf ihren Bewerberunterlagen. Sie blickt darüber hinweg. Es klaffen in ihrem Lebenslauf offenkundige Lücken. Großbuchstabig steht das Wort ›Abitur‹. Eigentlich schon der Höhepunkt, der Fixpunkt ihres Lebens. Gefolgt von einer mehr als zweijährigen Lücke. Später die Lücke eines begonnenen und wieder verworfenen Studiums. Danach eine Banklehre. Sie begann diese Lehre im letztmöglichen Moment, nach langem Zögern – wieder eine Lücke. Selbst ihre Schulzeit hat Lücken: Ein Jahr war sie nicht in der Schule gewesen. Eine Lücke. Die Wiederholung der zwölften Klasse, eine weitere Lücke. Keine ausgesprochenen Hobbys, keine Praktika, keine sportlichen Betätigungen – Lücken. Auch kein Auslandsjahr, ausschließlich Inlandsjahre – Lücken. Selbst in ihren Erinnerungen klaffen Lücken. Seit ihrer Arbeitslosigkeit sind diese Lücken immer größer geworden. Sie kann sich nicht richtig erinnern, was sie in dem Jahr, als sie nicht zur Schule ging, gemacht hat. Sie hat Menschen auf der Straße beobachtet. Und Freunde besucht. Sich verliebt. Und

Bücher gelesen. Mit ihrem Schatten einsame Spaziergänger berührt. Mit leiser Stimme wieder damit angefangen zu singen. Als Kind hatte sie Sängerin werden wollen. Jeden Abend hatte sie vor dem Zubettgehen ihrer Familie etwas vorgesungen. In einem Prinzessinnenkleid. Mit einer ausgestopften Klopapierrolle, das ihr als Mikrofon diente. Manchmal haben ihre Eltern Freunde und Nachbarn eingeladen. Sie sang dann nicht nur Lieder, sondern auch Märchen und selbsterlebte Geschichten. Aus dem Stegreif. Der Applaus der Gäste war mehr als nur Höflichkeit. Sie waren von ihrer Stimme ernsthaft angetan. Und auch berührt. Manche Lieder sollte sie wieder und immer wieder singen. Erst dann wurde sie zu Bett gebracht.

In Gedanken läuft Karla ihren Schulweg. Er führt durch eine mittelalterliche Stadt, auf Kopfsteinpflastern, entlang altehrwürdiger Gebäude und Geschäfte. In ihrer Erinnerung passiert sie den Feinkostladen neben ihrem Elternhaus. Jahrelang hat sie dort Süßigkeiten gekauft. In dem Laden stehen drei Verkäufer – wie Apotheker – in weißen Kitteln. Sie stehen hoheitsvoll hinter einer Theke. Auch ohne Kunden. Sie stehen, als wäre alles in bester Ordnung. In huldigenden Gesten grüßen die drei Verkäufer in einer gemeinsamen Verbeugung die Passanten auf der Straße, auch Karla. Ihr Schulweg führt quer durch die Stadt. Die Menschen gehen langsamer als heute – in bedächtigen Bewegungen. Sie gehen, sie grüßen, sie stehen, sie sprechen, sie betrachten ... Sanftmut begleitet ihre Bewegungen. Hinzu kommt ein Ausdruck von Anhänglichkeit. Aus reiner Anhänglichkeit, so scheint es, kaufen sie Brot oder

Käse oder Gemüse, immer im selben Geschäft, jahraus, jahrein. Manche von ihnen sind Vegetarier. Jedenfalls wirkt ihr Gesichtsausdruck vegetarisch. Eine vegetarische Aura sanftmütiger Liebenswürdigkeit, sagte sie einmal über einen Mitschüler, der sich in sie verliebt hatte. Sie läuft – in ihren Erinnerungen – noch langsamer als sonst. Sie macht Umwege. Umwege erhöhen die Ortskenntnis, sagte ihre Mutter einmal. Sie fragt Passanten nach Straßen, die gar nicht existieren. Oder gibt sich als Meinungsforscherin aus und fragt Menschen nach ihren Meinungen: beispielsweise nach ihren Meinungen zu einzelnen Gebäuden, die am Weg stehen. »Was denken Sie über das Haus an der Ecke? Gefällt es Ihnen?« Oder sie konfrontiert sie mit einzelnen Sätzen, Sätze wie: *Die Utopien haben den Glauben an die Menschheit verloren.* »Was halten Sie davon?« Einfach so, aus Neugierde gefragt, um mehr über sich und andere Menschen zu erfahren. Sie geht immer weitere Wege und Umwege, nennt diese Umwege auch Denkwege, weil sie mit jedem weiteren Weg einem anderen Gedanken nachgeht. Auf einer Parkbank macht sie Rast, liest eine Weile in einem Buch, schaut in die Sonne. Oder sie lernt Theaterrollen auswendig. Selbst wenn sie bei Schulaufführungen für die betreffende Rolle gar nicht vorgesehen ist. Sie spricht ihre nichtbekommenen Rollen mit wachsender Begeisterung. Am liebsten die Rolle der Rosalinde in *Wie es euch gefällt* … Irgendwann steht sie auf und geht weiter. Natürlich wird sie zu spät kommen. Jahrelang war sie fast zu jeder ersten Stunde eines Schultags ein wenig zu spät gekommen. Das macht doch nichts. Mit diesen Blicken wurde sie von ihrem Klassenlehrer empfangen. Nicht zuletzt mit Rücksicht auf ihre Begeisterung für das Theater. Dafür blieb sie oft länger in der Schule als notwendig, manchmal bis in den Abend hinein, in stundenlangen Theaterproben, selbst dann, wenn sie für eine Rolle gar nicht vorgesehen war …

Was Karla bleiben wird, das ist ihr Name, ihr Geburtsdatum, der Geburtsort, das Abitur und die Tätigkeit bei der Bank. Was verändert werden muss, das sind die Lücken. Fest spricht diese Lücken offen an: Was geschah in der 12. Klasse? Was war nach dem Abitur? Was hat es mit dem abgebrochenen Studium auf sich? Er sieht diese Lücken auf den ersten Blick. Er stößt unvermittelt in sie hinein – in wenigen Fragen und Nachfragen. Er sieht nicht nur die Ausbildungs- oder Berufslücken, sondern auch andere Lücken: Extracurriculare Lücken, Hobby- und Freizeitlücken, Interessenlücken, Sprachlücken, Auslandslücken, Reiselücken, Computerlücken, Persönlichkeitslücken, emotionale Lücken, menschliche Lücken und zwischenmenschliche Lücken … Diese Lücken gilt es zu schließen. In Fests Worten: zu übermalen, zu gestalten, umzudeuten. Eben dies ist der Zweck des Unterrichtsfachs Biographisches Arbeiten.

Mit einer gewissen Vorliebe beschäftigt sich Fest mit Karla Meier. Er hatte kaum einen Blick auf ihren Lebenslauf geworfen, da sagte er: »Ich glaube wir kommen nicht umhin, uns einmal zu unterhalten.« Er unterhielt sich mit ihr während des Unterrichts und nach dem Unterricht. Mit einer ähnlichen Vorliebe beschäftigt er sich auch mit ihrem

Nebensitzer, dem Biologen Roland Bergmann. Vielleicht weil er neben ihr sitzt. Oder sie neben ihm sitzt. Oder weil sie in der ersten Reihe sitzen. Oder weil sie beide Abitur haben. Oder weil ihre zahlreichen Lebenslücken allzu offenkundig sind. Ansgar Fest fragt, Karlas Lebenslauf in seiner Hand, offen in die Klasse hinein: Was kann man aus diesen Lücken machen? Zum Beispiel aus den Schullücken. »Ein Jahr nicht in der Schule. Was kann man daraus machen?« Die Klasse weiß es nicht. Karla weiß es nicht. Würde sie die Wahrheit sagen, dann würde sie antworten:

»Ich habe nichts gemacht.«

»Wie bitte?«

»Nichts.«

»Nichts?«

»Nichts.«

Vielleicht hätte sie antworten können: »Ich bin durch die Stadt spaziert ... Habe Leute beobachtet ... Habe nachgedacht ... Habe auf einer Parkbank gesessen und gelesen ... Habe beispielsweise den Satz gelesen: *Es ist unendlich anstrengend nichts zu tun.*« All dies hätte sie antworten können, doch sie saß schweigend.

Später sagte Fest so etwas Ähnliches wie: Das Nichts eines Lebens sei jederzeit entschuldbar, jedoch nur im wirklichen Leben, nicht in einem Lebenslauf. Nicht in einem Lebenslauf! Und er fragt weiter: »Ein Jahr nicht in der Schule. Was kann man daraus machen?« Nach und nach kommen aus der Klasse Vorschläge, Vorschläge wie: eine Erkrankung, eine Fortbildung, ein Auslandsjahr ... »Ein Auslandsjahr! Wo? In welchem Land?«, fragt Fest.

Die Trainees nennen England … Für Fest zu nah, zu flach, zu offensichtlich. Oder Frankreich? Für Fest viel zu gewöhnlich. Kanada? »Besser!« Südafrika? »Viel besser!« Südamerika? »Sehr gut!« Und so schließt sich in Karlas Schulzeit Lücke auf Lücke. Sie verbrachte das Jahr ohne Schule nicht daheim, sondern bei Verwandten in Südamerika. Auf einer Farm in Patagonien. Nein, besser noch als Reiseleiterin: Andenwanderungen, Naturspektakel, Gletscherführungen … *You name it.* »Können Sie damit leben?« fragt er Karla, die kaum hörbar antwortet. »Können Sie damit leben?« Karla nickt. »Schreiben Sie es bis morgen in Ihren Lebenslauf. Patagonien. Und gestalten Sie es treffend aus.« In Gedanken sieht er ihren Aufenthalt in Patagonien bereits als entscheidenden Passus eines Vorstellungsgesprächs:

»Sie waren in Patagonien?«

»Ja, ich war in Patagonien.«

»Sie waren dort als Reiseleiterin tätig?«

»Ja.«

»Sie sprechen Spanisch?«

»Ja, ein wenig.«

Er spricht der Klasse derartige Gespräche immer wieder vor. Wie zum Beweis. Der szenische Beweis für die Nützlichkeit biographischen Arbeitens. Längst ist nicht mehr nur die Rede von Karlas Leben und seinen vielen Lücken. Er spricht bereits von den Lücken ihres Nebensitzers, Roland Bergmann.

»Abitur?«

»Ja.«

»In welchem Jahr?«

»1998.«

»Warum erst im Jahr 1998?«

»Weil …«

»Warum nicht schon im Jahr 1997?«

»Weil …«

»Weil!?«

»Weil ich ein Jahr wiederholen musste.«

Fest, mit einem Blick in die Klasse, so als wollte er den Trainees bedeuten, wie sinnlos es ist, ihm gegenüber derartige Brüche und Risse in einem Lebenslauf zu verschweigen: »Weil er ein Jahr wiederholen musste.« Jeder Kenner von Lebensläufen erkennt derartige Unstimmigkeiten auf den ersten Blick.

»Abitursnote?«

»Zwei Komma eins.«

»Leistungskurse?«

»Chemie und Biologie.«

»Studium?«

»Biologie.«

»Warum nicht Chemie?«

»Ich interessierte mich mehr für Biologie.«

»Sie studierten wo?«

»In Stuttgart.«

»Sonst nirgendwo?«

»Nein.«

»Spezialgebiete?«

»Botanik und …«

»Und?«

»Fische.«

»Abschluss?«

»Diplom.«

»Berufserfahrungen?«

»Eine Assistentenstelle an der Universität.«

»Aufgabengebiete?«

»Ich begleitete meinen Professor in seine Lehrveranstaltungen … Ich wirkte mit bei wissenschaftlichen Konferenzen … Ich sammelte auch Verwaltungserfahrungen …«

»Ist das alles?«

»…«

»Ist das alles?«

»…«

Fest nimmt ihm seinen Lebenslauf aus der Hand. In der Ungeduld eines Arztes, der einem Patienten eine Krankenakte aus der Hand nimmt. Er hält den Lebenslauf in die Höhe, wie man ein Röntgenbild ins Licht hält. Ein Bild voller Schatten und Risse und Frakturen … Lücke auf Lücke … Fest spricht die Lücken schonungslos aus. Zum Beispiel die einjährige Lücke nach dem Abitur. Oder die Doktorarbeit: »Was ist das mit der Doktorarbeit? Ohne jeden Grund stellt er seine Doktorarbeit nicht fertig. Ohne einen wirklichen Grund.« Bereits das Thema der Doktorarbeit ist für Fest ein Ärgernis: eine Arbeit über das Verhalten der Fische. Warum Fische? »Wen interessiert das?« Er fordert von der Klasse Alternativen und Vorschläge. »Ich will Vorschläge.« In der vorliegenden Fassung sei der Lebenslauf unhaltbar.

»Sportarten?«

»Ich jogge …«

»Ist das alles?«

»…«

»Extremsportarten?«

»…«

»Kampfsportarten?«

»…«

»Interviewerfahrung?«

»…«

»Medienerfahrung?«

»…«

»Sprecherfahrung?«

»…«

»Sprecherziehung?«

»…«

»Bundeswehr oder Zivildienst?«

»…«

»Bundeswehr oder Zivildienst?«

»Ich war …«

»Wie bitte?«

»Ich war … un … tauglich.«

»Was?«

»Untauglich.«

Fest, mit einem einzigen Blick in die Klasse: »Er war untauglich.«

./.

Später schreibt er die Vorschläge an die Tafel. Wie ein Flickenteppich breitet sich Roland Bergmanns Leben auf der Tafel aus, ein Brainstorming biographischer Vorschläge und Gegenvorschläge. Pfeile und Gegenpfeile, die sich in immer neuen Worten um fragwürdige Lebensstationen schließen – oder leere Flächen ausfüllen. In unterschiedlichen Farben. Manche Wörter stehen mit größter Entschiedenheit, andere sind nur unter Vorbehalt mit schwacher Kreide geschrieben oder wieder durchgestrichen: ›Botanik‹. Genauso wie ›Gesangsunterricht‹ und ›Fische‹. Andere wiederum sind unterstrichen: ›Genetik‹, ›Laborarbeit‹, ›Marathon‹. Schon ist nicht mehr nur die Rede von Roland Bergmanns Lebenslauf, sondern in ersten Verknüpfungen und Vergleichen von dem Lebenslauf seines Nachbarn. Manche Vorschläge knüpfen unvermittelt an die Lücken in Roland Bergmanns Leben an. Vieles lässt sich direkt übertragen oder gar austauschen, passt bei genauerem Hinsehen besser zu dem einen als zu dem anderen Lebenslauf. Kombinatorische Phantasie nennt Fest diese biographischen Transaktionen. Transaktionen von Lebenslauf zu Lebenslauf: ›Messdiener‹ ist im Leben des einen doppelt durchgestrichen. Mit einem langen Pfeil wird der Vorschlag in abgewandelter Form einem anderen Lebenslauf zugeschrieben. ›Messeassistent‹ ja, aber ›Praktikum in einem Zirkus‹ nein!

Lebensläufe, so Fest, seien, wie Menschen, ihrem Wesen nach promiskuitiv. Sie lassen sich in Akten kombinatorischer Transaktionen nach Belieben paaren, übertragen, fusionieren, überkreuzen … »You name it.« Er fordert die

Trainees auf, in den Nachmittags- und Abendstunden an ihren Lebensläufen zu arbeiten, zu arbeiten und immer weiterzuarbeiten, in eben diesem Sinne, und sie sitzen in den Nachmittags- und Abendstunden an ihren Tischen (im Klassenzimmer oder in der Cafeteria oder in den Schlafräumen) und arbeiten unentwegt an ihren Lebensläufen. In stummer Präsenz beäugt Fest ihre Mühen. Oder er erklärt in Einzelgesprächen: »Ein Lebenslauf lebt von der bestmöglichen Mischung aus Lebensalter und Berufsabschlüssen, aus Qualifikation und Persönlichkeit, Allgemeinheit und Besonderheit, Theorie und Praxis, Ausgewogenheit und Eigenständigkeit.« Mancher Trainee kommt mit seinem Lebenslauf nicht weiter und sagt: »Aber das stimmt doch alles gar nicht. Ich war nie in meinem Leben in New York. Und auch noch nie in Amerika.« Und Fest antwortet, zunehmend enerviert: Dass es darum nicht gehe. Lebensläufe seien Lebensentwürfe – Lebensbilder. Kein Mensch frage bei einem Bild, ob es stimmt oder nicht. »Kein Mensch fragt das.« Lebensläufe sind Fiktionen. »Verstehen Sie das nicht?!« Nichts als Fiktionen! »Lesen Sie es in ›A New Life‹ nach. Unter der Rubrik Lebensläufe.« Er siezt sie nun. Einmal wird Fest gegenüber Roland Bergmann sogar laut. Durch die Korridore hört man Sätze wie: »Er macht seinen Doktor nicht fertig, ohne jeden Grund, ohne einen wirklichen Grund, aber redet von Wahrheit. Wen interessiert hier Wahrheit?! Keine Ihrer Wahrheiten wird Ihnen irgendeine Stelle einbringen. Keine!« Und: »Schauen Sie sich Ihre Vita einmal an. Wer würde sich mit solch einer Vita ernsthaft identifizieren. Wer könnte mit so einem Leben warm werden. Nicht einmal Mitleid kann man dafür aufbringen.«

Am nächsten Morgen ist er wieder ruhiger. Er gibt Karlas – schon mehrmals überarbeiteten – Lebenslauf zurück, mit den Worten: »Langsam finde ich an Ihrem Leben wirklich Gefallen. Der Aufbau, die Wendepunkte, die Praktika und Reisen …, all das finde ich gut inszeniert. Natürlich muss man an dem einen oder anderen Punkt noch feilen.«

Zu Roland Bergmann sagt er, in einem versöhnlichen Ton: »Der reine Erfolg, die äußere Wirkung eines Lebenslaufes, nichts anderes ist die Vorgabe. Kein Davor, kein Danach, weder Zukunft noch Vergangenheit, sondern nur das Hier und Jetzt, die innere Stimmigkeit eines Lebenslaufs.«

Und: »Alles Autobiographische ist autofiktional, und umgekehrt.«

Und: »Lebensläufe sind eine Form von angewandter Literatur. Wie ein Roman oder Drama: Exposition, steigende Handlung, Wendepunkt, Lösungen … Lösungen über Lösungen. Nichts anderes ist ein Lebenslauf.«

Und: »Ein erfolgreicher Romanschreiber wäre ein guter Lebenslaufschreiber, ein erfolgreicher Lebenslaufschreiber wäre ein guter Romanschreiber.«

Und: »Eine gelungene Bewerbung ist wie ein Bestsellerroman: anziehend, mitreißend, hinreißend … Von der ersten bis zur letzten Zeile. Eine Vorwärtsbewegung … Eine durchgehende Trasse … Eine Erfolgsspur … Eine epische Autobahn …«

Und: »Im Roman wie im Lebenslauf geht es nicht um

Innerlichkeit oder Befindlichkeit, sondern um Handlung, um nichts anderes als Handlung.«

»In einer Tragödie handeln die Figuren nicht, um irgendwelche Charaktere nachzuahmen, sondern um der Handlung willen ziehen sie Charaktere mit ein.«

»Verstehen Sie das?!«

»Gleiches gilt für Lebensläufe und Bewerbungen. Wie für alles andere …«

»Bewerbungen sind fiktiv konstruierte Handlungsgefüge. Kombinatorische Eigenschaftsgebilde. Promiskuitive Transaktionen. Ein Kohärenzsystem stimmiger Merkmale und Bedeutungsträger.«

»Kein Innenleben, sondern ein Außenleben … Kein Gefühlsleben, sondern ein Handlungsleben … Kein Denkleben, sondern ein Ereignisleben … Kein Gute-Absichten-Leben, sondern ein Ergebnisleben …«

./.

Bei einer anderen Gelegenheit sagt er: »Würde man ein Buch über SPHERICON schreiben, es kämen darin keine wirklichen Menschen vor, auch keine Figuren von Menschen, sondern höchstens Fragmente oder Figmente wechselnder Lebensläufe … Funktionen und Produkte biographischer Entwürfe … Kombinatorische Konstrukte … Künftige Stelleninhaber … Stellenerobererl« Und: »Die meisten Figuren bräuchten nicht einmal Namen. Und selbst wenn doch, dann nur, um sie jederzeit austauschen und wechseln zu können …« Und: »Die Sprache wäre die Sprache von SPHERICON: knapp und kurz, die Sprache von Regieanweisungen. Auf Regieanweisungsknappheit reduzierte Bewegungen und Kommentare. Eine Sprache im ständigen Präsens.«

·/·

Vor jedem Unterricht (und manchmal auch während des Unterrichts) betrachtet Karla die Fotografien an den Wänden des Klassenzimmers. Es sind großformatige Porträtfotos. In Würde und Format stehen sie den Fotos von Staatspräsidenten kaum nach. Insgesamt sind es neun Fotos. Sie sind um das ganze Klassenzimmer herum aufgehängt. In manchen Momenten deutet Fest auf die Fotos, in beiläufigen Hand- und Augenbewegungen. In einem feierlichen Ernst, so wie in früheren Zeiten Lehrer auf religiöse Symbole Bezug nahmen. Ein einzelner Blick, ein einziger Fingerzeit genügte, um das Gesagte unantastbar im Unterricht zu verankern. Ein wenig wirken die Fotos wie Sportlerfotos – die Fotos von Männern und Frauen im Moment größter Genugtuung, nach einem großen Sieg. Vielleicht bei der Verleihung einer Medaille. Manche der Fotografierten tragen tatsächlich Trainingsjacken. Ihre Gesichter verraten Zeichen körperlicher Anstrengung. Mehr noch als körperliche Anstrengung zeigen die Gesichter

Spuren jahrelanger Konzentration und Beharrlichkeit. Das Aufbringen aller menschenmöglichen Kräfte für ein einziges Ziel. Jede Ablenkung ist aus den Blicken getilgt. Sie blicken monarchisch im eigentlichen Sinne des Wortes: beherrscht von einer einzigen Frage, zu jeder Tages- und Nachtzeit. Manche der Gesichter lächeln. Nach langem Kampf. Nach langen Jahren. Manche lächeln triumphierend, andere erleichtert, wieder andere verschämt. Unter jedem Foto steht ein Name und eine Jahreszahl.

Immer wieder betrachtet Karla diese merkwürdigen Fotos: Eine Zeit lang mutmaßte sie, es handle sich um die Fotografien ehemaliger Trainer. In Wahrheit sind es die Gesichter früherer Schüler. »Criens, 2010 …« Fest deutet nach hinten und fügt hinzu: »Sehen Sie.« Er steht auf und stellt sich neben das Foto. »Criens, 2010 … Einer unserer besten Trainees …« Er streicht über den Rahmen des Fotos. »Selbst nachts fand man Criens an irgendeinem Computerplatz inmitten einer Bewerbung …« Er schlief kaum mehr als fünf Stunden … Konnte in einer Nacht an die 100 E-Mails verschicken … Bewerber-E-Mails … Nicht wahllos, sondern systematisch … Nicht einfach nur E-Mails, sondern E-Mails mit Meisterwerken von Lebensläufen im Anhang … Fotoanimiert und videoanimiert … Manchmal sogar gesprochene Lebensläufe … Mit Musik unterlegt … Seine Zeit in SPHERICON war eine fortlaufende Serie sich immer weiter steigernder Bewerbungen … Ein Trommelfeuer der Bemühungen … Das Niederringen gewaltiger Hindernisse … Bollwerke der Vorbehalte und der Ablehnungen … Er war kaum zu bremsen … »Schauen

Sie sich ihn genau an. Sehen Sie ihm in die Augen. Betrachten Sie seinen Blick! Merken Sie sich diesen Blick … Heute arbeitet er für einen japanischen Industriekonzern.« Fest sagt dies mit betonter Beiläufigkeit. »Heute arbeitet er für einen japanischen Industriekonzern.« Die Tragweite erweist sich in der Beiläufigkeit. So als würde Fest über einen Gelähmten in einem Nebensatz bemerken: »Heute läuft er Marathon.« Für einen Moment wirkt Fests Stimme brüchig. Er räuspert sich. Zum ersten Mal erleben die Trainees ihren Lehrer ergriffen. Vom letztendlichen Sinn seines Tuns überzeugt. In aufrichtigem Glauben an die Richtigkeit nicht nur seiner Lehre, sondern seiner tiefsten Grundsätze. *Work is freedom. Freedom is work.* Und: *Only work begets work begets work …* Hier hängen sie, die bildhaften lebendigen Beweise für die Richtigkeit all der Mühen. Wann immer eine Unterrichtsstunde ins Stocken gerät, deutet Fest – wie zum Beweis – auf die gerahmten Gesichter an den Wänden des Klassenzimmers. Manche dieser Gesichter wurden gar zu Vorbildern für Episoden in ›Job Quest‹. »Beispielsweise Heißmeyer, 2012 …« Eine Spürnase … Keiner hatte einen derartigen Spürsinn für freie Stellen wie Heißmeyer … Er fand sie in Zeitungen … Selbst fernab der Todesanzeigen … In nichtssagenden, harmlosen Artikeln über Gott und die Welt … Er fand sie in Radiosendungen … In den entferntesten Andeutungen … Auch in beiläufigen Gesprächen und Bemerkungen auf der Straße … Noch bevor eine Stelle überhaupt frei war, wusste er davon … Hatte zumindest eine Ahnung davon … War stets als Erster mit seiner Bewerbung präsent … Sogar auf Spaziergängen witterte er die Existenz freier Stellen … In entlegenen Dörfern … Oder Supermärkten … Ein einziger Blick in einen Hinterhof genügte … Oder ein kurzes Gespräch auf der Straße … Ständig verwickelte er Leute in irgendein Gespräch, immer auf der Suche nach Arbeit … »Heute ist er 45 Jahre alt, 45, und er hat Arbeit. Arbeit!« Noch heute sucht und findet er täglich Stellen … Aus reiner Gewohnheit … Er kann gar nicht anders …

./.

Nachts liegt Roland Bergmann meist wach. Wie gerne würde er lesen, doch das Licht wird um 11 Uhr abends gelöscht. Manche Trainees finden allmählich in den Schlaf. Andere liegen wach, wie erstarrt, atmen lautlos, halten sich so unauffällig wie möglich, so als wären sie gar nicht hier. Oder liegen in wechselseitigen Gedanken aneinander: Roland in Gedanken an Karla, und Karla womöglich in Gedanken an Roland. Nur wenige Meter liegen sie voneinander entfernt. Andere Trainees unterhalten sich in flüsternden Gesprächen – meist über Schulisches: über Hausaufgaben, Lebensläufe oder Bonus Coins … Wann die nächste Coin-Ausgabe ist? Wie der Bericht von Fest ausfallen wird? Der Bericht entscheidet über die Menge der Coins. Drei Mengen von Coins werden je nach Bericht des zuständigen Trainers ausgegeben: *Premium* (100 Coins pro

Woche), *Advanced* (80 Coins), *Basic* (60 Coins). Premium, das bedeutet ein Extra an Münzen für Süßigkeiten, Zigaretten und sonstige Artikel. Basic bedeutet eine harte, lange Woche nur mit dem Nötigsten, eine Woche ohne Nachtisch, ohne Eier, ohne Zigaretten. In der ersten Woche erhielten alle Trainees noch die höchste, die Premium-Menge. In der zweiten Woche kein einziger mehr. Zumindest keiner aus Apollo. Die Mehrzahl wurde auf Advanced heruntergestuft, einige sogar auf Basic. Heruntergestuft. In den Worten des stellvertretenden Schulleiters: *Downcoined.* Heruntergemünzt. Münzdegradiert. In der dritten Woche erlangten dann einige Trainees wieder Premium. Nach welchen Maßstäben die Einstufung der Trainees erfolgt, darüber mutmaßen sie immer wieder neu: nach den schulischen Leistungen (Hausaufgaben und Mitarbeit) oder nach dem allgemeinen Erscheinungsbild eines Trainees, nach seiner Ausstrahlung und Zuversicht. Sicher auch nach dem Grad der Betätigung im Gym. Oder aber die Entscheidungen Fests sind ganz wahllos und willkürlich. Um einzelne Trainees zu warnen, aufzurütteln oder anzutreiben. Mittwochs von 16 bis 17 Uhr, so steht es auf einem Zettel am Schwarzen Brett, steht Fests Büro jedermann offen. Auch für Fragen nach der Verteilung von Bonus Coins und dem Wochenbericht …

Die nächtlichen Flüstergespräche mutmaßen bis in den Halbschlaf hinein: beispielsweise über den Zaun, der die Schule umgibt. Ob er nachts wohl geladen ist? Mit welcher Voltzahl er geladen ist? Natürlich ist er nicht geladen! Warum sollte er geladen sein? Vor einer Woche sah man

Handwerker mit Leitern an dem Zaun. Was das zu bedeuten habe? Es hat nichts zu bedeuten! Wozu dann das Flutlicht? Die Masten des Flutlichts befinden sich gar nicht auf dem Campus, sondern stehen außerhalb des Geländes … Neben dem Versandhaus für Staubsauger … Oder Fragen bezüglich der Pforte: Ob sie wohl nachts besetzt ist? Natürlich ist sie besetzt! Mit welchem Mechanismus die Innen- und Außentür geöffnet wird? Oder die sonderbaren Poster in der Cafeteria: Strandposter mit Palmen, doch keine wirklich grünen, sondern halb vertrocknete Palmen. Sie wirken angeschlagen, die Blätter zerrupft. Was das zu bedeuten habe? Sierra Leone. Steht auf einem der Poster. Freetown, Sierra Leone. Wo das liege? In Spanien? In Südamerika? Was diese Poster zu bedeuten haben? Gar nichts – reine Dekoration. Warum der Strand dann so merkwürdig matt wirke? Warum überhaupt das Logo der Bundesagentur auf jedem dieser Poster? Freetown, Sierra Leone, und darunter dann – wie zur Beglaubigung – Bundesagentur für Arbeit.

Die Gespräche gleiten über in Stellenfragen. Die absonderlichsten Stellen geistern durch die Schlafsäle SPHERICONS, meistens Stellengerüchte aus dem Internet, Stellenanzeigen, die für Sekunden auf dem Bildschirm eines Computers zu sehen waren und dann nicht mehr wiederkamen. Manche Trainees sind sich sicher, solche Stellen gesehen zu haben, nicht irgendwelche Stellen, sondern richtige Stellen. Bezahlte Stellen. Sekundenweise seien solche Stellen auf den Computerbildschirmen aufgeflackert. Und der Ausschreibungstext erweckte den Eindruck, man müsse sich nur bewerben, einfach nur bewerben, und bekomme eine ernsthafte Chance … Ob es die besagten Stellen auf der Nordsee noch gibt? Seit Tagen geistert das Gerücht sogenannter Nordseestellen: Stellenausschreibungen der größten deutschen Brauerei. Sie befindet sich nicht mehr auf dem Festland, sondern auf einem umgebauten Supertanker in der Nordsee. Bis zu 200 Leute sollen dort Arbeit gefunden haben. Und es seien immer noch Stellen frei … Einige Stimmen bezweifeln dies. Andere sind davon überzeugt. Der Bruder eines Trainees habe im CB-Funk davon gehört. »Mein Bruder kennt die Nordsee. Er kennt die Brauerei. Er kennt sogar das umgebaute Schiff.« Später wälzt er sich gegen die Wand, spricht halb zu den anderen, halb zu sich selbst: »Für eine solche Stelle würde ich schwimmen, tagelang schwimmen …« Dann schläft er.

Die übrigen Trainees sprechen – ein ständiges Thema – über Arbeitslosenzahlen: Wie viele Arbeitslose es eigentlich sind. Sechs Millionen? Sieben Millionen? Es gibt – seit geraumer Zeit – zu dieser Frage keine offiziellen Zahlen. Jedenfalls keine Zahlen der Bundesagentur. Oder, wenn Zahlen, dann die geradezu unverständlichen Zahlen eines mathematischen Instituts, das völlig neu rechnet: Nicht mehr in absoluten Zahlen, sondern in Fluktuationszahlen; nicht mehr in Menschenzahlen, sondern in Fallzahlen. Sechs Millionen Arbeitslose sind demnach nicht sechs Millionen Menschen, die arbeitslos sind, sondern fluktuierende Fälle schwankender Variablen: vorübergehende Arbeitslosigkeit, natürliche Arbeitslosigkeit, Fluktuationsarbeitslosigkeit … Auch deshalb die vielen Zahlen, nicht nur in den Schlafsälen von SPHERICON. Für manche Menschen gibt es hierzulande überhaupt keine Arbeitslosigkeit. Oder nur Fälle von vorübergehender, natürlicher Fluktuationsarbeitslosigkeit; allenfalls einige wenige Fälle von unnatürlicher, wirklicher Arbeitslosigkeit … So erklärt es ein Trainee den anderen Trainees, die noch wach sind. In manchen Nächten steigen die Zahlen bis über acht Millionen. »Ich bin mir ganz sicher. Es sind längst acht Millionen. Acht Millionen!« Aus solchen Zahlen spricht Wut und Genugtuung: Wut über die Ungeheuerlichkeit von all dem, und die Genugtuung es endlich aussprechen zu können, nicht in eigenen Worten, sondern in nüchternen Zahlen. Jede noch höhere Zahl erzeugt ein weiteres Schaudern. Die Trainees liegen fröstelnd unter ihren Bettdecken ob der ständig steigenden Zahlen, die gähnend, teilweise sogar im Halbschlaf ausgesprochen werden. »Zehn Millionen. Im Winter werden es zehn Millionen sein. Sogar mehr als zehn Millionen.« Doch dem Frösteln folgt schnell eine gewisse Wärme, wenn nicht Genugtuung: überhaupt hier liegen zu dürfen. Mit Sonderstatus. Gar nicht wirklich arbeitslos zu sein, sondern in Ausbildung. Und selbst wenn sie in wenigen Monaten wieder arbeitslos sein sollten, dann zusammen mit zehn Millionen anderen. An einer solchen Zahl kann niemand vorbeisehen. Nicht einmal der Bundespräsident. Zehn Millionen! Das ist keine Minderheit mehr, sondern bald die Mehrheit. Gegen eine Mehrheit können sie nicht angehen.

Roland Bergmann liegt immer noch wach. Er hört den Gesprächen der anderen kaum zu. Wenn er gefragt wird, dann nennt er irgendeine unauffällige Zahl (acht Millionen) und liegt dann so unbemerkt wie möglich in seinen eigenen Gedanken. Er erinnert sich beispielsweise an sein Elternhaus: ein Haus mit zahllosen Stockwerken, so viele Stockwerke wie andere Häuser Zimmer haben. Ganz unten, im Erdgeschoss lag die Apotheke des Vaters. Allein ihre Einrichtung war eine Besonderheit. Viele Kunden kamen nur, um sich über diese Einrichtung zu wundern – selbst die Telefonapparate und Glühbirnen stammten noch aus den fünfziger Jahren. Und je höher man das Haus Stockwerk für Stockwerk durchstieg, umso älter wurde alles. Die Telefonapparate in den oberen Stockwerken kamen aus der Vorkriegszeit. Roland Bergmann hat mit diesen Telefonen die ganze Kindheit hindurch telefoniert. Er hielt, wenn er telefonierte, die schweren, geschwungenen Hörer mit beiden Händen ... Das Haus war einmalig groß. Allein Roland hatte etliche Zimmer zu seiner Verfügung. Sie lagen über mehrere Stockwerke verteilt: ein Schlafzimmer, ein Ankleide- und Zähneputzzimmer, ein Spielzimmer, ein Hausaufgabenzimmer, ein Zimmer mit biologischen Sammlungen ... Wenn Freunde ihn besuchten, dann verbrachten sie die Abende oft in diesem Zimmer. Oder in einem gesonderten Fernsehzimmer. Die Mutter bettete ihren Sohn samt Freund oder Freundin auf ein kleines Sofa und zog sich in die Küche zurück. Auf einem quietschenden Teewagen brachte sie Säfte aus der Apotheke ... Vor jeder Mahlzeit wurde gebetet. Der Vater kam zu den Mahlzeiten im weißen Apothekerkittel. Beim Essen berichtete er von den Eigenarten mancher Kunden:

von ihren Krankheiten oder Urlaubsplänen oder Wallfahrten. Manchen Kunden hat er Geld geliehen, beispielsweise einem benachbarten Gastwirt, der mit dem Zug eine Tante in Palermo besuchen wollte. Nur ein Beispiel von Vaters Freigiebigkeit … Nach dem Abitur war es selbstverständlich, dass Roland Biologie studieren würde. Mit keinem Wort wurde er dazu gedrängt oder davon abgehalten. Nie wurde die Frage gestellt: Wo das alles hinführen solle? Oder warum er nicht etwas anderes studiere? Vielleicht ein Studium, mit dem er später einmal die Apotheke übernehmen könnte. Berufliche Fragen spielten keine Rolle. Nicht einmal die Apotheke. Stundenlang konnte er sich mit seinem Vater über Botanik unterhalten. Oder über Fische. Oder über den Plan einer gemeinsamen Fotoausrüstung, die sich beide kaufen wollten, um Sterne und Himmelskörper zu fotografieren. Geld spielte keine Rolle. Es herrschte Wohlstand. Kein Reichtum, aber Wohlstand. Er blickte aus den Gesichtern seiner Eltern. Er blickte aus den Gesichtern seiner Freunde … Irgendwann wurde die Apotheke verkauft, später dann das restliche Haus, zuerst die unteren Stockwerke, dann die mittleren Stockwerke, schließlich die oberen Stockwerke. Stockwerk auf Stockwerk ging das Haus über in andere Hände. In schlafloser Erinnerung liegt Roland in seinem Bett und denkt an die letzten Rückzüge seiner Familie aus diesem Haus.

./.

Zimmer 101 ist das Sprechzimmer von Dr. Lichtenstein, Schulpsychologe. Karla Meier wurde dorthin bestellt. Jedenfalls legte sie die Notiz, die ihr im Sekretariat übergeben wurde, so aus. Zimmer 101 ist sogar im Schulprospekt abgebildet, mit dem Gesicht von Dr. Lichtenstein an seinem Schreibtisch und dem Satz: *Das Büro des Schulpsychologen steht allen Trainees jederzeit offen.* Im Laufe eines Trimesters spricht der Psychologe mit allen Trainees mindestens einmal. Wenn man will, dann auch öfters. Psychologe Lichtenstein sei ein guter Mann. Er habe Verständnis. Seine bloße Präsenz spreche für die Aufgeschlossenheit der Schule. Wie auch für die Aufgeschlossenheit von Lichtenstein selbst.

Einige Minuten sitzt Karla auf einem Stuhl vor seinem Büro und wartet. Die Tür öffnet sich fast unmerklich, mit einem leichten Windstoß. Lichtenstein bittet sie hinein. »Bitte Schuhe ausziehen.« Schuhe? »Ja bitte.« Karla bückt sich und zieht ihre Schuhe aus. Auf Socken kommt sie in sein Büro. Er weist ihr einen Stuhl vor seinem Schreibtisch an: »Setzen Sie sich.« Karla setzt sich. »Sitzen Sie bequem?« Karla nickt. Eine Weile sitzen sie schweigend. Karla blickt an Lichtenstein vorbei zum Fenster. Alle Besucher in Lichtensteins Büro blicken von ihrem Stuhl aus zum Fenster. Er selbst ist nur umrisshaft zu erkennen. »Haben Sie sich in SPHERICON gut eingelebt?« Karla nickt. Dr. Lichtenstein macht sich eine Notiz. Dann fragt er, warum Karla gekommen sei? Sie versteht nicht. Er fragt noch einmal: Warum sie gekommen sei? Sie wollte bereits antworten, dass sie hierher bestellt wurde, sonst wäre sie nicht hier – stattdessen antwortet sie ausweichend, in unklaren Sätzen. Lichtenstein unterbricht sie und sagt: »Jedenfalls bin ich froh, dass Sie gekommen sind.« In einem internen Papier heißt es: *Den Trainees nie den Eindruck vermitteln, man bestelle sie zu einem Psychologentermin. Vielmehr besteht ausgesprochen oder unausgesprochen der Konsensus, der Trainee suche das Gespräch aus eigenem Antrieb.*

Lichtenstein durchblättert einige Papiere – offensichtlich Papiere über Karla, teilweise auch von Karla. Sie glaubt einen ihrer Lebensläufe zu erkennen. Er fragt sie, sehr beiläufig, ob ihr das Biographische Arbeiten Spaß mache? Karla antwortet mit einem entfernten Laut, der sowohl ja als auch nein bedeuten könnte. Er macht sich eine Notiz und fragt: Welche biographische Fiktion ihres Lebens sie begeistere? Sie versteht nicht. Er fragt erneut: »Welche biographische Fiktion spricht Sie am meisten an?« Er deutet auf einen ihrer Lebensläufe, aus dem er nun vorliest: »*Aufenthalt in Patagonien.* Patagonien. Sie verbrachten ein Jahr in Patagonien. Immerhin. Gefällt Ihnen das? Ich meine die bloße Vorstellung. Argentinien. Die Anden. Begeistert Sie das? Sie sprechen passabel Spanisch. Bedeutet Ihnen das etwas?« Karla antwortet kaum hörbar. Lichtenstein beugt sich zu ihr: »Bedeutet Ihnen das was? Es ist Ihr Lebenslauf. Es ist Ihr Leben. Nicht mein Leben oder das Leben irgendeines anderen, sondern Ihr Leben. Oder ist es Ihnen gleichgültig?« Karla bewegt ihre Schultern. »Es ist Ihnen also gleichgültig.« Pause. »Denken Sie nicht auch, dass es schwierig ist, sich mit einem Leben irgendwo hin zu bewerben, das ohne Begeisterung vorgetragen wird?«

Karla antwortet nicht. »Nicht nur nicht vorgetragen, sondern durch nichts getragen wird, ohne jeden Funken der Begeisterung.« Pause. Lichtenstein studiert ihre Papiere. Er fragt weiter: »Sagen Sie, sprechen Sie ganz offen, gibt es irgendetwas, das Sie in Ihrem Leben, in Ihrem Lebenslauf begeistert?« Begeistert? Karla war im Begriff zu antworten: Das ganze Leben hat mich früher einmal begeistert ... Manchmal spüre ich heute noch Sekunden dieser Begeisterung ... Zumindest Erinnerungen an längst vergangene Momente von Begeisterung.

Lichtenstein: »Können Sie sich vorstellen, dass Sie irgendwann in Ihrem Leben noch einmal gebraucht werden?«

»...«

»Ob Sie sich vorstellen können, irgendwann noch einmal gebraucht zu werden?«

»Nein.«

»Sie können sich das nicht vorstellen!?«

»Nein ... Höchstens von Freunden ... Oder von meinen Eltern ...«

»Von Ihren Eltern?«

»Ja.«

Lichtenstein fragt weiter: »›Job Quest‹? Schauen Sie regelmäßig ›Job Quest‹?« Sie verneint. »Spielen Sie ›Job Quest‹?« Sie verneint. »Sie lesen lieber die Romanversion?« Sie verneint. »Hat man Ihnen das Buch nicht gegeben?«

»Doch.«

»Aber?«

»...«

»Wie bitte?«
»Nichts.«
»Sie gehen auch nicht in den Fitnessraum?«
»...«
»Wie bitte?«
»Nein.«
»Oder ins Solarium?«
»Nein.«
»Ich sage dies, weil Sie ziemlich blass wirken.«
»...«
»Die Bewerberfotos.«
»...«
»Es fehlen in Ihren Unterlagen überzeugende Bewerberfotos.«
»...«
»Mit den vorliegenden Fotos können Sie sich nicht bewerben. Dies nur nebenbei.«
»...«
»Ein wenig Sport würde Ihnen gut tun.«
»...«
»Und einige Minuten Solarium.«
»...«
»Sie kennen den Weg in den Fitnessraum?«
»...«
»Sie kennen den Weg in den Fitnessraum?«
»Ja.«
»Aber?!«
»...«
»Aber?!«

»…«

»Sie wissen wo der Fitnessraum liegt?«

»…«

»Wo liegt er?«

»Im Keller.«

»Im Keller.«

»…«

»Haben Sie Angst vor Räumen im Keller?«

»…«

»Ich fragte: Haben Sie Angst vor Räumen in Kellern?«

»Ich glaube nein.«

»Was heißt das: Sie glauben?«

»…«

»Was heißt das: Sie glauben?«

»Ich weiß es nicht.«

»Sie wissen es nicht.«

Lichtenstein macht sich Notizen. Ohne aufzuschauen fragt er unvermittelt: Ob sie ernsthaft eine Arbeit anstrebe? Karla versteht nicht. Er fragt noch einmal: Ob sie ernsthaft eine Arbeitsstelle anstrebe? Oder auch nur wünsche? Karla antwortet mit einer plötzlichen Vehemenz: Natürlich wünsche sie Arbeit … Seit Jahren wünsche sie sich nichts anderes … Nach all den Jahren denke sie an nichts anderes als an die Ruhe und den Frieden einer einzigen einfachen Stelle … Alles würde sie dafür geben, nur für diesen Frieden …

Lichtenstein schaut sie an und sagt: »Trotzdem frage ich mich, ob Sie im tiefsten Inneren nicht vielleicht doch Bedenken haben … Oder Angst. Eine Aversion gegen die bloße Vorstellung eines Tages eine Stelle tatsächlich zu bekommen. Denken Sie mal darüber nach.«

Er betrachtet ihre Unterlagen: »Sie sind nicht verheiratet?«

Karla antwortet regungslos langsam: »Nein, ich bin nicht verheiratet.«

»Sie haben auch keine Kinder?«

»Nein.«

»Mögen Sie keine Kinder?«

»Natürlich mag ich Kinder.«

»Wollten Sie denn nie Kinder?

»Doch …«

»Aber?«

Sie findet keine Antwort.

»Aber?«

Nach einer Pause: »Sie haben auch keinen Freund?«

»Nein. Zur Zeit nicht.«

»Warum nicht?«

Pause.

»Warum nicht?«

»Es hat … sich …«

»Wie bitte?«

»Es hat sich … so nicht … ergeben …«

»Es hat sich so nicht ergeben?«

Karla nickt.

Eine lange Pause.

»Wenn ich mir die Bemerkung erlauben darf: Sie sehen attraktiv aus. Sie sind groß und schlank … Warum haben Sie keinen Freund?«

»…«

Später kommen ihr einige Sätze in den Sinn: Einen Freund? Ich hätte nicht einmal das Geld, jemanden kennen zu lernen oder mit ihm abends auszugehen. Doch sie sagt es nicht.

Wieder eine lange Pause.

Nächster Punkt: Lichtenstein fragt sie, ob sie, wenn schon keinen Freund, so doch Freunde beziehungsweise Bekannte hat? Später fragt er sie noch direkter: »Haben Sie denn keine Freundinnen oder Freunde? Oder wenigstens Bekannte. Auch nicht hier in SPHERICON? Hier noch niemanden kennen gelernt? Nein? Niemanden angesprochen? Oder sich ansprechen lassen? Nein? Oder kennen Sie nur Vergangene, Vergessene, Verschmähte?« Pause. »Warum denken Sie so schlecht von sich? Warum so vorwurfsvoll? Warum so negativ? Warum so abweisend? Warum verstecken Sie sich?«

»Ich verstecke mich nicht.«

»Sie verstecken sich. Hinter sich selbst. Hinter Ihrem Leben. Hinter Ihren Armen, hinter Ihrem Gesicht, hinter Ihrem ganzen Wesen. Warum tun Sie das?«

»Ich tue das nicht.«

»Möglicherweise aber doch.«

Pause.

»Rauchen Sie?«

Karla verneint.

»Trinken Sie Alkohol?«

Karla verneint.

»Sie trinken also keinen Alkohol?«

»Nein.«

»In Ihrer Einsamkeit?«

»…«

»Keinen Tropfen?«

»Nur ganz selten.«

»Was heißt selten?«

»…«

»Was heißt selten? Einmal in der Woche? Zweimal in der Woche? Oder jeden zweiten Tag?«

Karla antwortet nicht.

»Ich halte also fest: Sie trinken regelmäßig, aber selten.«

Karla antwortet nicht mehr nach außen, sondern nur noch nach innen: Ja, ich trinke regelmäßig, aber selten … Ja, ich habe kaum Bekannte oder Freunde …

Lichtenstein steht auf und geht durch das Büro. Er resümiert, in knappen Sätzen: »Sie haben keine Kinder. Sie wünschen offenkundig auch keine Kinder. Sie sind nicht verheiratet. Sie haben keinen Freund. Sie vermissen auch keinen Freund. Jedenfalls nicht in übermäßigen Gefühlen. Sie haben kaum Bekannte oder Freunde. Ihr Leben ist kontaktarm. Sie treiben keinen Sport. Sie schauen nicht ›Job Quest‹. Sie zeigen nicht wirklich Interesse an der Bearbeitung Ihres eigenen Lebens. In seiner jetzigen Fassung ist Ihr Leben nicht überzeugend. Über weite Strecken farb- und leblos. Warum erscheint Ihr Leben nur so leblos? Ein Arbeitgeber könnte sich fragen: Ist hier überhaupt ein Mensch? Sie wirken matt und blass und gleichgültig. Sie zeigen kaum Interesse an irgendetwas. Weder an sich. Noch an anderen. Und Sie sind ohne Arbeit. Schon seit einigen Jahren. Und scheinen auch nicht mit aller Kraft nach

Arbeit zu drängen. Finden Sie das zufriedenstellend? Kann das in Ihrem Sinne sein? Ein Leben ohne Freunde und Freude. Ohne Gefühle und Wärme. Ohne Aussichten und Arbeit …«

Karla sitzt stumm. Nur ihr Kopf bewegt sich kaum merklich.

Lichtenstein ist mit seinen Gedanken schon bei seinem Bericht – und bei einer wissenschaftlichen Arbeit, an der er gerade schreibt, eine Abhandlung über die Emotionen und seelischen Bedingungen arbeitsloser Menschen: *Psychogenese von Langzeitarbeitslosen.* Darin soll der Frage nachgegangen werden, inwiefern bestimmte Persönlichkeitsmerkmale Arbeitslosigkeit begünstigen. Arbeitslose Menschen seien überwiegend – und zwar nicht erst mit der Arbeitslosigkeit, sondern bereits vor ihrem Eintreten – symptomatische Persönlichkeiten: statistisch überwiegend verängstigte Persönlichkeiten mit lebenslangen Kontaktschwierigkeiten und Bindungsängsten. Von negativen Kindheitserinnerungen beherrscht, latent depressiv, mit nur geringem Selbstvertrauen und Weltvertrauen. Die Genese ihrer Erwerbslosigkeit geht einher mit Symptomen der Selbstverachtung und reduzierter Belastbarkeit. Die kognitiv-emotive Ausrichtung ist chronisch pessimistisch; die Beziehung zu Eltern und Elternhaus meist problematisch. Die Betroffenen sind gefühlsmäßig in der Regel gehemmt. Ihre Gefühle sind weniger die Folge als die Ursache ihrer eigenen Lage. Eine Kapitelüberschrift in Lichtensteins Abhandlung lautet: *Can your personality make you unemployed?* Der Aufsatz ist auf Englisch. Er ist mit Statistiken gespickt. Eine Statistik besagt, dass Menschen ab einer bestimmten Körpergröße weniger wahrscheinlich arbeitslos werden als Menschen, die unter dieser Körpergröße liegen. Nur 11,3 % eines weiblichen Jahrgangs mit einer Körpergröße von über 1,70 Metern werden bis zu ihrem vierzigsten Lebensjahr arbeitslos. Lichtenstein betrachtet Karla: Schon auf den ersten Blick liegt sie deutlich über dieser Körpergröße. Sie ist groß, schlank und attraktiv. Man sieht ihre Größe, selbst wenn sie nur sitzt, an ihren langen Beinen. Statistisch gesehen dürfte sie gar nicht arbeitslos sein.

./.

»Wie war es?« Karla liegt im Doppelstockbett unten. Sobald das Licht im Schlafraum gelöscht ist, wird sie von oben befragt: »Wie war es …? Der Termin? Beim Psychologen?« Über ihr liegt eine schwergewichtige Frau. Sie war früher einmal Kassiererin in einem Supermarkt. Fast jeden Abend erzählt sie davon, bis in den Schlaf hinein, grüßt Kunden, betätigt die Kasse, zählt Münzen … »Was hat er gefragt? Was hat er gefragt?« Sie fragt mit einer verängstigten Neugierde – so als wäre Karla soeben aus einer langen Operation erwacht. »Was hat er gemacht?« Mit jeder Frage dreht sie sich von der einen Seite auf die andere Seite. Das Bett beginnt zu schwanken: »Was ist er für ein Mensch?« Ob Lichtenstein wirklich Psychologe sei? Was er gefragt habe? Ob es weh getan habe? Karla antwortet nicht. Sie liegt – fast ohne jeden Atem – unter ihrem Kopfkissen.

./.

Später richtet sie sich auf und spricht einige Antworten zu sich selbst: (1) Nichts ist so, wie es ist, sagt die Psychologie, soweit es den Patienten angeht. (2) Alles ist so, wie es ist, sagt die Psychologie, sofern es die Welt im Allgemeinen betrifft. (3) Die Welt ist nun einmal, wie sie ist (Betonung liegt auf *nun einmal*). (4) Der Mensch ist selber schuld (im Großen und Ganzen). (5) Wie der Mensch früher in der Religion: alles gegen den Menschen, alles zugunsten der Welt und ihrer Götter. (6) Der Patient irrt. (7) Bitte Schuhe ausziehen.

./.

Nachts kommen ihr weitere Antworten in den Sinn, spät, viel zu spät, doch ändert dies nichts an der Vehemenz ungeahnter Wörter, die genau das sagen, was sie in dem Gespräch mit Lichtenstein hätte sagen können, ja unbedingt hätte sagen sollen, aber nicht gesagt hat, aus reiner Sprachlosigkeit. Und es bleibt nicht bei einzelnen Antworten. Sie liegt in wahren Gedankenstürmen nachträglicher Antworten und Gegenantworten und Gegengegenantworten …

./.

Zum Beispiel die Frage, ob sie ernsthaft Arbeit anstrebe? Derart zahllos waren die Absagen auf ihre jahrelangen Bewerbungen gewesen, dass sie irgendwann damit angefangen hatte, sich auf eine ausgeschriebene Stelle nicht mehr unter ihrem eigenen Namen, sondern mit den Namen und Lebensläufen von Verwandten oder Freunden zu bewerben. Um ihnen einen Eindruck zu vermitteln, wie sich eine Absage liest. Um mit einer Absage nicht mehr alleine zu stehen, sondern sie mit anderen teilen zu können. Selbst Freunde mit mustergültigen Lebensläufen erhielten Absagen. So sehr sich Karla auch bemühte, das Leben ihrer Freunde im besten Licht erscheinen zu lassen. In besserem Licht als ihr eigenes Leben. Es änderte nichts an der Monotonie ständiger Absagen. So als wäre allein der Umstand, dass eine Bewerbung geschrieben wird, ein sicheres Omen dafür, dass der Bewerber für die Stelle nicht in Frage kommt.

./.

In den frühen Morgenstunden weinte sie.

./.

Das Leben in Sphericon ist ein Lern- und Arbeitsleben: Arbeiten lernen – und wieder lernen zu arbeiten. *Labor improbus.* Jeder Wochentag in Sphericon soll exakt die Belastungen eines Arbeitstages simulieren. Nicht nur simulieren – vielmehr wiedergeben und verkörpern. Von den ersten Sekunden des Aufstehens, bis zu den letzten Minuten vor der Bettruhe. Selbst wenn nur wenige Trainees am Ende des Trimesters eine Arbeitsstelle finden werden. Was bleiben wird, ist das Erlebnis regelmäßiger Anstrengung und Arbeit, ein körperliches, ein psychologisches, ein soziales Erlebnis. Sphericon versteht sich deshalb auch als Erlebniswelt, vergleichbar mit Erlebnisparks, die ihren Besuchern das Erlebnis ferner Länder oder Epochen ermöglichen. Sphericon ermöglicht das Erlebnis von Arbeit: von Einzelarbeit, von Zusammenarbeit, von Gruppenarbeit, von Arbeit nicht nur als Mittel zum Zweck, sondern auch als Selbstzweck. *Labor improbus.* Und dies über Tage und Wochen und Monate. Im ständigen Rhythmus der Schule. Ein Trimester geht über drei Monate. Während dieser Zeit bleiben die Trainees in der Schule. Auch an den Wochenenden. Heimfahrten sind nicht vorgesehen. Nur in begründeten Trauer- oder Notfällen.

An den Wochenenden findet kein Unterricht statt.

Die Trainees dürfen morgens länger schlafen. Nur kleinere Hausaufgaben und Arbeitsaufträge durchziehen die Samstage und Sonntage. Ansonsten ist Zeit zur freien Verfügung. Nicht wenige sitzen an einem Computer und arbeiten an autobiographischen Konzepten. Oder schreiben Briefe. Oder warten auf Briefe. Oder bereiten sich geistig auf die Coin-Ausgabe vor. Oder spielen Computerspiele: ›Job Quest‹ sowie dessen Nachfolgeversion ›Job Attack‹. Bei diesem Spiel geht es nicht nur darum, eine Arbeitsstelle zu erobern, sondern sie einem anderen wegzunehmen. Die Spieler spielen im Internet oder Intranet. Sie spielen gegeneinander. Oder in Allianzen gegen Dritte. Auf abenteuerlichsten Wegen horchen oder spähen sie Stelleninhaber aus, knacken Passwörter, schauen in fremde E-Mails hinein, suchen nach den geringsten Unaufmerksamkeiten und Schwachstellen, pirschen sich an eine anvisierte Stelle heran, gleich der Schleichfahrt eines U-Boots, dessen Torpedos bereit gemacht werden. Irgendwann drücken sie auf den entscheidenden Knopf: ›Job Attack‹.

Die Coin-Ausgabe findet samstagmittags ab 14 Uhr im Sekretariat statt. Die Trainees werden in alphabetischer Reihenfolge hereingerufen. Obwohl die Reihenfolge alphabetisch ist, halten sich viele Trainees schon lange vorher in der Nähe des Sekretariats auf. Andere gehen nach draußen und umlaufen das Schulgebäude. Oder sitzen auf einem Fahrradergometer im Fitnessraum – oder duschen sich stundenlang.

Außerhalb des Campus gibt es kaum etwas zu sehen. Die angrenzenden Grundstücke, Lagerhallen oder Fabriken dürfen nicht betreten werden. Sie werden von Schäferhunden bewacht. Nur durch den Haupteingang kann man SPHERICON überhaupt verlassen. Der Eingang grenzt direkt an die Düsseldorfer Straße. Kaum einen Trainee zieht es auf diese Straße. Ohne ausdrückliche Erlaubnis der Schulleitung darf man sie auch gar nicht betreten. Eine Straße, die nirgendwo wirklich hinführt. Es halten dort keine Busse. Bis zur Stadt sind es zehn Kilometer – kaum begehbare Kilometer entlang von Schnellstraßen und Autobahnzubringern. Job Attackers. Die Welt ist voller Job Attackers.

Sie sitzen mit ihren Handys in einer Ecke und erzählen oder schreiben. Andere sitzen ohne irgendeinen Gegenstand. Wieder andere arbeiten unverdrossen weiter: lernen Englischvokabeln, studieren Todesanzeigen oder beschäftigen sich mit Lebensläufen. Ein Trainee machte sich innerhalb von drei Wochenenden vom Rechtshänder zum Linkshänder – aus reiner Veränderungslust – vielleicht auch Veränderungswut – wie zum Beweis für den Satz in ›A New Life‹: »Es gibt nichts, das sich nicht verändern lässt.«

./.

Nach der Coin-Ausgabe überkreuzen, ja durchkreuzen sich die Reaktionen: Sie gehen von Erleichterung bis hin zur Euphorie – aber auch Ungläubigkeit oder Enttäuschung.

Downcoined. Heruntergemünzt. Einige gehen sofort zum Büro von Fest und wollen eine Erklärung. Doch er ist gar nicht da. Oder er macht nicht auf. Also gehen sie zum nächsten Büro, zum Büro des stellvertretenden Schulleiters, zu Mr. Armstrong. Doch auch er macht nicht auf. Oder wenn er aufmacht, dann spricht er nur Englisch: »This is not within my province ... I am the wrong person to ask ... Try next time even harder ... Assert yourselves!«

Die meisten Trainees strömen nach der Coin-Ausgabe in die Cafeteria. Vor den Automaten bilden sich die ersten Schlangen. Überall Münzgeräusche: in den Händen der wartenden Trainees oder beim Fallen der Münzen ins Innere der Automaten. Sie drängen sich um den Bierautomaten. Er ist an Samstagen gefüllt. Von dort geht es zu den hartgekochten Eiern und dem Salzgebäck. An den ersten Tischen wird bereits lautstark gerechnet und getrunken. Es finden Tauschgeschäfte statt: Münzen für Lebensläufe. Oder Münzen für Todesanzeigen. Bier für Handygespräche. Salzstangen für Bewerbungsbriefe. Oder E-Mail-Passwörter im Tausch gegen neu entdeckte Schleichwege – Schleichwege durch unbekannte Hinterwelten von ›Job Attack‹ ...

Im Hintergrund spielt Musik. Sie kommt aus einem Ghettoblaster, der auf dem Bierautomaten steht. Es wäre sogar denkbar zu tanzen. Platz dafür ist ausreichend da. Auch die Schulleitung hätte nichts dagegen. Im Gegenteil! Tanzkontakte unter den Trainees sind ausdrücklich erwünscht. Mehr als erwünscht. Und nicht nur Tanzkontakte ... An Samstagen befinden sich in der Cafeteria

Sitz- und Liegekissen für weitergehende Kontakte. Gelegenheiten gibt es also genug – nicht nur Kissen und Nischen und Vorhänge, sondern auch einen Kondomautomaten. Er hängt neben dem Fitnessraum. Am Ende des obersten Stockwerks liegen zwei gesonderte Zimmer – für nicht wenige Trainer der pädagogische Glanz- und Höhepunkt der gesamten Schule: Weekend-Suite I, Weekend-Suite II …

./.

Ansgar Fest kommt in die Cafeteria und sieht die Tanzfläche leer. Die Trainees sitzen gebeugt an den Tischen und essen hartgekochte Eier oder nippen an ihren Bierflaschen oder zählen ihre Coins: ein erbärmlicher Haufen gebeugter Blicke. Fest denkt an die Tanzabende früherer Jahre. Er denkt an seine besten Trainees: Heißmeyer, Kappellmann, Hagenburg … Hagenburg … Hagenburg schritt auf die Tanzfläche, nicht wissend, mit welcher Frau er im nächsten Moment tanzen werde. Er tanzte auf die Nächstbeste los, tanzte sie in eine Ecke, küsste sie zwischen Kaffee- und Bierautomaten hindurch … Küsste sie auf den Gang hinaus … Den Schlüssel zu Weekend-Suite I trug er bereits in seiner Hosentasche. Oder er steckte in der Hosentasche der mit ihm gehenden Frau. Er fragte den diensthabenden Lehrer nach dem Schlüssel, noch bevor er überhaupt eine Ahnung hatte, mit wem er das Zimmer betreten würde. Er machte die Frauen verrückt. In der Plötzlichkeit seiner Annäherungen sowie in dem ständigen Wechsel seiner Partner: rotierende Tanz-, Küss- und Bettgenossinnen … Atemberaubende Hasardstreiche … Tanzte auf eine Frau zu, um im letzten Moment abzudrehen und eine andere in irgendeiner dunklen Ecke an die Hand zu nehmen … Hagenburg … In einem simulierten Bewerbungsgespräch wurde er einmal gefragt, wie er sich Armut vorstelle, und er antwortete: als Monogamie. Hagenburg … Das samstägliche Zimmer mit einer bestimmten Frau zu betreten ist einfach. Jeden Samstag mit einer anderen Frau das Zimmer aufzusuchen, war seine Kunst … Mitten in der Nacht stand er auf und schrieb Bewerbungen …

Der stellvertretende Schulleiter Armstrong kommt in die Cafeteria. Er schaltet den Ghettoblaster aus und betritt die Tanzfläche. Er spricht, als hielte er ein Mikrofon in der Hand:

»Is there no one here … to dance.«

Er schaut Trainees an.

»No? … You don't wanna dance?«

Er kommt einzelnen Trainees näher.

»Don't wanna dance?«

Und näher.

»Not even with yourself?«

Steht vor ihnen.

»Why are you here?«

Und weiter.

»Why don't you go to bed?!«

Und weiter.

»Were you downcoined?«
Und weiter.
»You look as if you were downcoined.«
Und weiter.
»You are not really here …«
Von Tisch zu Tisch.
»Not here … Nor there … Not anywhere …«
Zum nächsten Tisch.
»You are nowhere …«
Und wieder zur Tanzfläche zurück.
»Nowhere.«
Pause.
Als ob er noch einmal von vorne sprechen würde.
»Gebt mir ein Lebenszeichen.«
Blickt durch den Raum.
Die Trainees sitzen konsterniert.
»Oder wenigstens ein Todeszeichen.«
Er fixiert wegschauende Blicke.
»Give me a sign.«
Läuft zu einem Tisch.
»Give me an H.«
Mit greifenden Händen.
»Gib mir ein E.«
»Ein E.«
Die Trainees sitzen sprachlos erstarrt.
Manche greifen nach ihren Bierflaschen.
So als fände sich dort ein E.
»Ein E!«
Einige wenige Trainees stammeln den Buchstaben E.

Armstrong beklatscht dies mit beiden Händen und läuft weiter.

»Give me an L …«

Er spricht sich von Stuhl zu Stuhl.

»Just an L.«

Einige Trainees sprechen ein leises L.

»Noch ein L!«

Er will ein zweites L.

Dann ein O.

»Give me an O.«

Er bekniet die Nebensitzerin Karlas, die frühere Kassiererin aus dem Supermarkt. *Downcoined.*

»Give me an O. Please give me an O.«

Er ergreift ihre linke Hand.

»Please!«

Sie spricht ein schwaches O.

Er schnellt hoch und horcht und ruft.

»She got it. She got an O.«

Geht wieder nach vorne.

»An O. Okey-doke.«

Steht mit rudernden Armbewegungen auf der Tanzfläche.

»*Hello!* Say it. All of you. Say *Hello*. Say it!«

Von den Trainees kommen vereinzelte Hello-Rufe.

»Lauter!«

Die Rufe werden ein wenig lauter.

Für Armstrong nicht laut genug.

»Lauter!«

Nicht laut genug.

»Louder!«

Nicht laut genug.

»Say and wave *Hello.*«

Andeutungsweise sinkt er auf die Knie.

Nur für ein allseitiges Hello.

»*Hello!*«

Einfach betont.

Doppelt betont.

Hyperbetont.

»*Hello!*«

Armstrongs Idee einer samstagabendlichen Begrüßung. Nicht nur seine Idee, sondern SPHERICONS Idee: ein erstes Aufrütteln, ein Aus-Sich-Heraustreten, ein Über-Sich-Hinweggehen, ein konzertierter Salut. Die Hello-Rufe der Trainees werden lauter. Anfänglich klangen ihre Rufe wie die Rufe von Ertrinkenden – verschüchterte Hilferufe. Nun klingen sie fester. Im Rhythmus der Musik, die aus dem Ghettoblaster kommt. Fest hat eine neue Kassette eingelegt. Die Musik beginnt mit dem Dauerton eines Synthesizers, begleitet von Basstönen und dem Takt eines Schlagzeuges. *Say Hello. Say it. Say and wave Hello.* Die Trainees bewegen sich tänzelnd – ob sie wollen oder nicht – sie bewegen sich – selbst wenn sie nur sitzen – je mehr die Musik sich steigert. Als wären sie Zuschauer eines Konzerts. Als wären sie dieses Konzert selbst, im Dauerrefrain eines ewigen Liedes. *Say and wave Hello.* Im Hintergrund stehen imaginäre Gitarrenspieler. Armstrong selbst bewegt sich wie ein imaginärer Gitarrenspieler. Mal wie ein Gitarrenspieler, mal wie ein frenetischer Schlagzeuger, in umgreifenden Gebärden, gleich einem Rockmusiker im Finale seines Auftritts. Der Auftakt eines Samstagabends in SPHERICON. Hochenergetische Aufwärmübungen. *High Energy Warming-up* – in Bildern eines rauschenden Abends. Armstrong verbeugt sich. Er verbeugt sich in tänzelnder Erschöpfung. Er lächelt – fast überwältigt – und ruft: »Danke.« Als würde er in ein Mikrofon sprechen, mehr hauchen, mehr lächeln als einfach nur sprechen: »Thank you. You were wonderful.« Dann beginnt der Abend.

./.

Ja, es kam zu einzelnen Tänzen. Es berührten sich die ersten Hände, wenn auch nur zum Abschied, gegen Ende des Abends. Ansgar Fest registrierte Umarmungen hinter einem Vorhang, später einen flüchtigen Kuss. Mehr nicht. »Wie Kinder«, murmelte Fest. Dann gingen die Trainees zu Bett, in ihre jeweiligen Schlafräume. Die Schlüssel zu den beiden Zimmern blieben unverlangt in Fests Tasche.

./.

Weekend-Suite I und Weekend-Suite II: In beiden Zimmern stehen Doppelbetten. Sie sind jederzeit mit frischer Bettwäsche bezogen. An beiden Bettseiten befinden sich

Nachttische mit Leselampen. Den Betten gegenüber steht ein Schrank. An der Wand hängt ein Waschbecken. Die Zimmer wurden neu geschaffen. An nichts sollte es fehlen. Kein Grund mehr, sich in das Solarium zurückzuziehen. Ob nun zu zweit oder allein. In ›A New Life‹ heißt es: »*Week End Suits.* Fragen Sie Ihren Trainer oder Mentor.« Als Fest danach gefragt wurde, reichte er dem frisch umarmten Paar ohne Zögern den Schlüssel. Seine Sympathie war mit ihnen. Und mit allen künftigen Liebesbeziehungen – in welchen Konstellationen auch immer – je wechselnder umso besser. Für SPHERICON ist all das durchaus ausbildungsdienlich: eine eigene Form von Bewerbung, eine zusätzliche Übung, willkommene Fingerübungen. Wer hier Fähigkeiten und Mut hat, der wird – so die Erfahrung – bei der Bewerbung um Stellen gleichfalls Fähigkeiten und Mut zeigen. Die Studien Lichtensteins zu diesem Thema sind eindeutig: Je erfolgreicher bei der Eroberung von Sexualpartnern, desto erfolgreicher bei der Stellensuche. Und umgekehrt: Je erfolgloser ein Stellenbewerber, desto erfolgloser auch bei der Partnersuche. Arbeitslose erkennt man bereits auf der Tanzfläche. Wenn sie sich überhaupt auf die Tanzfläche wagen.

Mit Fortschreiten des Trimesters traten die ersten Trainees auf Fest zu und fragten nach den Schlüsseln zu den beiden Zimmern. Manche fragten auf Umwegen, in immer neuen – verstockten – Anläufen. Andere fragten direkt und offen. Manche fragten Tage im Voraus, andere nur Minuten im Voraus. Es fanden sich die Paare, und es trennten sich die Paare – ganz im Sinne von ›A New Life‹: Diversität,

Novität, Kontingenz. Nichts soll so bleiben, wie es ist. Nach einer internen Richtlinie der Schulleitung dürfen die Zimmer nicht mehr als zwei Mal an dieselben Paare übergeben werden. Zitat aus ›A New Life‹: »Promiskuität ist eine Fähigkeit per se …« Und: »Sich aus einer bestehenden Stellung jederzeit auf eine neue Stelle bewerben zu können und von dort wieder auf neue Stellen, bedeutet Freiheit …«

.⁄.

Einige wenige Male kam es vor, dass Paare auf den Zimmern waren, die gar keine Paare waren. Sie lagen im Doppelbett, ohne sich wirklich zu berühren. Jeder schlief für sich. Sie lagen nur des komfortablen Bettes wegen. Oder wegen der Annehmlichkeit des Waschbeckens. Sie nutzten das Zimmer wie ein Hotelzimmer – als reine Bequemlichkeit. Es schien ihnen erträglicher, zu zweit in einem Bett als mit all den anderen im Schlafsaal zu liegen. Ein Trainee wurde alleine, ohne irgendeinen Partner im Doppelbett entdeckt. Er nutzte die Nachttischlampe, um zu lesen.

.⁄.

Die Strafen für derartigen Missbrauch sind drakonisch, obgleich es Strafen in Sphericon genaugenommen gar nicht gibt, sondern nur Belohnungen und deren Minderungen: beispielsweise die Herunterstufung der wöchentlichen Coin-Menge auf Basic Minus oder Streichung des Hofgangs, Handyverbot und zusätzliche Übungen: Lebenslaufschreiben, Bewerbungstraining, endlose Litaneien simulierter Bewerbungstelefonate. Oder einfach nur 50 Kilometer auf einem Fahrradergometer.

•/•

Um drei Uhr nachts wurde Roland Bergmann geweckt. Er sah es noch an seiner Armbanduhr, die an dem Bettgestell hing. Ansgar Fest stand neben seinem Bett und berührte ihn mit seiner Hand. Er sagte, weder laut noch leise: »Bitte stehen Sie auf und kommen mit.« Roland Bergmann zog sich an. Die anderen Trainees merkten von all dem nichts. Jedenfalls schienen sie zu schlafen. Fest führte ihn aus dem Schlafraum hinaus auf den Korridor. Meine Eltern sind gestorben. Für Roland Bergmann war dies bereits jetzt eine Gewissheit. Es ist etwas Furchtbares geschehen. Meine Eltern sind gestorben. Deshalb holt man mich, noch um diese Zeit. Sie gingen die Treppen hinab. Im Erdgeschoss brannte Licht. Die Tür zum Sekretariat stand offen. Sie gingen an der Tür vorbei und kamen zum Büro des Schulleiters. Fest klopfte und sie traten ein. Von Benkdorff saß an einem langen Tisch. Vor ihm lagen Unterlagen. Neben ihm saß Schulpsychologe Lichtenstein. Roland Bergmann wurde flüchtig begrüßt. Er sollte sich setzen. Fest setzte sich auf die andere Seite des Tisches, neben den Schulleiter. Sie saßen ihm zu dritt gegenüber, ohne zunächst das Gespräch zu beginnen. Es war das erste Mal, dass Roland Bergmann das Büro des Schulleiters von innen erlebte. Seine Wände waren nicht aus getünchten Spanplatten, sondern aus richtigem Mauerwerk. An den Wänden hingen Stundenpläne sowie die Pläne der Schlafsäle. Man sah sogar die einzelnen Betten, die in die Schlafsaalpläne eingezeichnet waren – mit den Namen der jeweiligen Trainees. Er sah auch sein eigenes Bett, zusammen mit seinem Namen. Sein Bett stand nun leer …

Unvermittelt begannen die Fragen. Alle drei – von Benkdorff, Lichtenstein und Fest – schauten im gleichen Moment auf, als der Schulleiter ihn direkt ansprach:

»Sie wurden 1977 in Backnang bei Stuttgart geboren?«

Roland Bergmann nickte.

»1984 wurden Sie eingeschult?«

Roland Bergmann nickte.

»Warum erst 1984?«

»…«

»Warum nicht schon 1983?«

»Weil …«

»Weil?!«

»Weil mein Vater beruflich im Ausland war und mich mitgenommen hatte.«

»Wohin?«

»Nach Madrid. Spanien.«
»Gut. Irgendwelche schulische Besonderheiten?«
»Besonderheiten?«
»Während Ihrer Grundschulzeit?«
»Ich war …«
»Ja?!«
»Ich war … Pfadfinder.«
»Weiter!«
»Ich spielte Basketball …«
»Wie bitte?«
»Ich meine Baseball.«
»Sehr gut! Gymnasium?«
»Max-Born-Gymnasium Backnang.«
»Fremdsprachen?«
»Englisch und Französisch …«
»Und?«
»Spanisch.«
»Auslandsaufenthalte?«
»Ein Schüleraustausch in Schottland …«
»Und?! Wo noch?!«
»In Kanada.«
»Wo in Kanada?«
»In Sherbrooke.«
»Ich dachte in Quebec?«
»Sherbrooke liegt in Quebec.«
»Wo genau in Quebec?«
»Im Süden von Quebec.«
»Wo?«
»An der Grenze zu Vermont.«

Ein kurzer, anerkennender Blick des Schulleiters zu Ansgar Fest.

»Abitur?«

»1998.«

»Warum nicht 1997?«

»Wegen des Jahres in Kanada.«

»Gut.«

»Leistungskurse?«

»Chemie und Biologie.«

»Warum Biologie?«

»Weil …«

»Wie bitte?«

»Es hat sich so ergeben.«

»Studium?«

»Bio …«

»Wie bitte?«

»Biochemie.«

»Studienschwerpunkte?«

»Botanik.«

»Wie bitte?«

»Genetik.«

»Und?«

»Molekularbiologie.«

»Aha …«

»…«

»Studienabschluss?«

»2006, Diplom.«

»Danach?«

»Wissenschaftlicher Angestellter an der Uni.«

»Aufgabengebiete?«

»Ich begleitete meinen Professor in seine Lehrveranstaltungen … Ich wirkte mit bei wissenschaftlichen Konferenzen … Ich sammelte Verwaltungserfahrungen …«

»Ist das alles?«

»Nein.«

»Sondern?«

»…«

»Sondern?«

»…«

»Promotion?«

»2012.«

»Aha.«

»…«

»Danach?«

»Wurde mein Vertrag um ein Jahr verlängert.«

»Na also.«

»…«

»Berufserfahrungen? Praktika?«

»Laborarbeit.«

»Wo?«

»An der Uni.«

»Wo noch?«

»Auch außerhalb der Uni.«

»Wo genau?«

»An einem Institut …«

»An welchem Institut?«

»Institut Dr. Jäger.«

»Was ist das für ein Institut?«

»Ein Institut für Umweltmessfragen.«

»Was wird dort gemessen?«

»Schadstoffe.«

»Aha.«

Pause.

»Krankheiten?«

»…«

»Hatten Sie irgendwelche schwerwiegende Krankheiten?«

»Meinen Sie Krankheiten während meiner Assistententätigkeit an der Uni?«

»Ich meine Krankheiten überhaupt.«

»Nein.«

»Keine chronischen Krankheiten?«

»Nein …«

»Auch keine psychischen Krankheiten?«

»Nein …«

»Auch nicht in Ihrer Familie?«

»Nein …«

»Überhaupt keine Krankheiten?«

»Nein …«

»Oder Behinderungen? Forensische Krankheiten?«

»…«

»Sie können ganz offen sprechen.«

»…«

»Drogen?«

»Nein …«

»Tabletten- oder Medikamentenabhängigkeit?«

»Nein …«

»Verbüßten Sie je eine Haftstrafe?«

»Nein …«

»Irgendwelche Straftaten?«

»Nein …«

»Auch keine Verkehrsdelikte?«

»Nein …«

Lange Pause.

»Eine biologische Frage. Was ist ein Molekül?«

»…«

»Was ist Ihrer Meinung nach ein Molekül?«

»Die kleinste … Einheit einer … chemischen Verbindung.«

»Wie viel Mol hat Kohlenstoff?«

»…«

»Wie viel Mol hat Kohlenstoff?«

»Ich weiß es … im Moment … nicht.«

»Sie wissen es nicht?!«

»Jedenfalls nicht genau.«

»Dann sagen Sie es ungenau.«

»…«

»Sagen Sie es bitte ungenau!«

»…«

Lange Pause.

»Möchten Sie noch etwas sagen?«

»…«

»Irgendetwas Wichtiges, Interessantes, Ungewöhnliches?«

»…«

»Sie haben uns nichts mehr zu sagen?«

»Nein …«

»Auch nichts über Ihre Tätigkeit im Call Center?«

»…«

»In Ihrem Lebenslauf steht: Call Center Vancouver. In welcher Funktion waren Sie dort tätig?«

»Als Berater.«

»Wofür?«

»Für Umweltfragen …«

»Für welche Kunden?«

»Für Kunden aus der ganzen Welt.«

»In English?«

»Yes, in English.«

Lange Pause.

Von Benkdorff mit einem Blick zu Lichtenstein: »Haben Sie noch Fragen?«

Lichtenstein nickend: »Eine allgemeine Frage. Welche Pferderasse gibt es Ihrer Meinung nach nicht? Isländer? Norweger? Araber? Trojaner?«

»…«

»Eine Frage für einen Biologen. Isländer, Norweger, Araber, Trojaner. Welches dieser Pferde gibt es nicht?«

»Tro…«

»Wie bitte?!«

»Trojaner.«

»Sind Sie sicher?«

»…«

»Nächste Frage: Vier, fünf, sechs, sieben. Wo ist hier das Verb?«

»…«

»Vier, fünf, sechs, sieben. Wo ist das Verb?«

»…«

»Deutsch wohl nicht Ihre Stärke. Andere Frage: Herr Bergmann, gehen Sie bei Rot über Ampeln?«

»…«

»Ob Sie bei Rot über Ampeln gehen?«

»Nein.«

»Warum so defätistisch?«

»Ich … Ich bin nicht defätistisch.«

»Vielleicht aber doch. *Es trennt sich die Spreu vom Weizen.* Was ist an diesem Satz negativ?«

»Ich weiß … nicht …«

»*Es trennt sich die Spreu vom Weizen.* Warum heißt es nicht: *Es trennt sich der Weizen von der Spreu?*«

»Ich …«

»Karla Meier.«

»…«

»Sagt Ihnen der Name Karla Meier etwas?«

»Ja.«

»Ja?«

»Sie geht hier zur Schule.«

»In welchem Verhältnis stehen Sie zu ihr?«

»…«

»In welchem Verhältnis stehen Sie zu ihr?«

»In einem … freundschaftlichen Verhältnis.«

»Sie waren mit ihr in Weekend-Suite II?«

»…«

»Sie waren mit ihr in Weekend-Suite II?«

»Ja.«

»Wie oft?«
»Zweimal …«
»Haben Sie mit ihr getanzt?«
»Nein …«
»Warum nicht?«
»Wir haben uns …«
»Wie bitte?«
»Wir haben uns unterhalten.«
»Wie haben Sie die Nacht mit ihr verbracht?«
»Wir lagen … die ganze Nacht … wach …«
»Haben Sie miteinander …?«
»…«
»Haben Sie miteinander … verkehrt?«
»Nein …«
»Wie bitte?«
»Nein.«
»Also nicht miteinander verkehrt?«
»Nein.«
Pause.
»Warum nicht?«
»Es hat sich nicht so ergeben.«
»Was hat sich stattdessen ergeben?«
»Wir haben uns unterhalten.«
»Sie haben sich die ganze Nacht unterhalten?«
»Ja.«
»Worüber haben Sie sich unterhalten?«
»Über … Vergangenes … Über unsere Schulzeit …«
Pause.
»Sie sehen für sich wohl keine Zukunft?«

»…«

»Sie sehen für sich wohl keine Zukunft?«

»Nein …«

»Und auch nicht für Ihre Freundin?«

»Ich weiß es nicht.«

»Sie haben sich die ganze Nacht nicht berührt? Nicht umarmt? Nicht gestreichelt? Nicht geküsst?«

»Nein.«

»Gingen Sie von vornherein in die Weekend-Suite II mit dem Wissen, sie nicht zu berühren, sie nicht zu umarmen, sie nicht zu streicheln, sie nicht zu küssen?«

»Ich …«

»Wie bitte?«

»Ich weiß es nicht.«

»Haben Sie die Annehmlichkeiten des Waschbeckens genossen?«

»Wir haben uns die ganze Nacht unterhalten.«

»Sie kamen also nicht wegen des Waschbeckens? Oder wegen des frischbezogenen Bettes?«

»Nein.«

»Wie bitte?«

»Nein.«

./.

Jede dritte oder vierte Nacht wurde ein Trainee geweckt, in das Büro der Schulleitung geführt und in simulierten

Vorstellungsgesprächen befragt – in stundenlangen Verhören; gemäß der autobiographischen Vorgaben in den eingereichten Lebensläufen. In den internen Richtlinien von Sphericon heißt es: *Die Umsetzung eines Lebenslaufes in dem Vorstellungsgespräch ist der neuralgische Dreh- und Angelpunkt jeder Bewerbung …* Und: *Die besten Bewerbungen, die glanzvollsten Lebensläufe scheitern in der Mehrzahl der Vorstellungsgespräche …* Und: *Es gilt die autobiographischen Übungen und Legenden der Trainees in ungeahnten Überraschungsmomenten unter extremen Bedingungen zu testen …* Am besten nachts, aus dem Nichts, wenn eine plötzliche Hand sich auf die Schulter eines Trainees legt, er aus dem Schlaf gerissen und in ein schlagartiges Vorstellungsgespräch gebracht wird. *Surprise is the mother of experience.* Vorstellungsgespräch – das kommt nicht zuletzt von dem Wort Vorstellung: eine lebendige, jederzeit präsente und funktionierende Vorstellung des eigenen, autobiographisch optimierten Lebens.

Frühere Trainees in früheren Jahren leisteten hier Außergewöhnliches. Zum Beispiel Criens, 2010: Immer und zu jedem Zeitpunkt war er auf ein simuliertes Vorstellungsgespräch gefasst. Jedes Vorstellungsgespräch war eine nochmalige Steigerung autobiographischer Präsenz. Jede Einzelheit seiner zahllosen Lebensläufe sprach er mit der größten Beiläufigkeit und einem alles gewinnenden Lächeln. Oft war er nicht einmal mehr zu wecken, weil er bereits wach war und an irgendeinem Computer saß. Mit einer Verbeugung stand er auf und kam mit.

Viele Trainees dachten an Criens, wenn sie nachts wach

lagen und nicht mehr einschliefen. Sie lagen in fortdauernder Erwartung des Lichtkegels der Taschenlampe und der Hand, die sie wecken würde. Sie lagen mit Spickzetteln ihrer Lebensläufe unter ihren Kopfkissen und memorierten jedes autobiographische Detail. Sie flüsterten die Namen von Ländern, in denen sie nie waren, die sie kaum aussprechen konnten, und sie flüsterten die Jahreszahlen von Tätigkeiten, die sie nie gemacht hatten: Auftritte in Kinderfernsehserien, Extremtouren durch bizarre Landschaften, Hundeschlittenrennen … Sie lagen bis in die frühen Morgenstunden, ohne geweckt zu werden. Dafür wurden andere geweckt. Oder es wurde einige Tage gar nicht geweckt – oder nicht nachts, sondern am Tag geweckt. Kaum ein Trainee kam ungeweckt in sein Vorstellungsgespräch.

./.

Bericht über das Gespräch mit Roland Bergmann: *Positiv hervorzuheben sind lebensbiographische Kompetenz der Schul- und Jugendzeit, insbesondere der Auslandsaufenthalt in Nordamerika: Sherbrooke, Quebec, Kanada. Zögerlich und unzureichend die Antworten zu Labortätigkeit und anderen Fragen. Unterentwickelt dialogische Präsenz. Verschlossen. Schweigsam. Teils somnolent. Verwaschene Sprache. Reduziert zukunftsoffen, wenn nicht zukunftsverweigernd. Überwiegend Rückschau auf Vergangenes. Bis in die Sprache hinein. Auffälliges Abgleiten vom Präsens ins Präteritum. Nostalgischer Persönlichkeitstyp.*

Vor allem aber, so Lichtenstein, ermangele es der Vita Roland Bergmanns eines dramatischen Moments: ein Motiv, ein Handlungsstrang, wenigstens ein Handlungszusammenhang, eine kontrapunktische Struktur, ein Ziel … Es fehlt die Spannung. Es fehlen die großen biographischen Zäsuren. Es fehlen die Aussichtspunkte, Tiefpunkte oder Wendepunkte. Und natürlich Höhepunkte. Zu wenig Menschliches. Keine wirkliche Geschichte. Zu viel Maß und Mittelmaß: Geburt, Schule, Gymnasium, Studium … Zu schlicht. Wen interessiert das?! Wer liest das?! Es fehlen die Extreme. Es fehlen die Bedeutungen. Wie soll man das deuten? Beziehungsweise einordnen?! Wo sind die Überraschungen? Zu wenig Mitleiderregendes. Kaum Identifikationspunkte. Wer will so etwas lesen? Geschweige denn einstellen?

./.

Sobald die Tür zu Weekend-Suite II geschlossen war, hatten Karla und Roland angefangen zu sprechen, zum ersten Mal in wirklicher Abgeschiedenheit, ohne die Seitenblicke der anderen Trainees. Sturzbachartig fingen sie an zu erzählen, kreuz und quer, über Eltern und Geschwister, Liebhaber und Freunde, Kindheit und Jugend …, über jedes sich bietende Thema. In den ersten Stunden ihrer ersten Nacht delektierten sie sich allein daran, noch so viele Stunden vor sich zu haben. »Sprich weiter. Bitte sprich weiter.« So der wechselseitige Blick ihrer Augen im Zuhören: Sprich weiter. Egal wie nebensächlich das Erzählte gewesen sein mag. Je nebensächlicher ein Thema (und selbst wenn es nur die Farbe eines Buches war), umso bedächtiger gingen sie damit um – die Überfülle an Zeit und Verständnis auskostend. Sie fanden sogar die Zeit, um in aller Ruhe zu schweigen. Der Komfort des Waschbeckens bestand darin, einen Zahnputzbecher mit Wasser zu füllen, um daraus zu trinken. Sie tranken abwechselnd aus diesem Becher. Der Luxus des Doppelbettes war der Luxus, sich nicht ein einziges Mal in dieser Nacht darauf zu legen.

Tage vorher hatte Roland Bergmann die Idee einer Nacht in der Weekend-Suite auf einen Zettel geschrieben und ihn Karla während des Unterrichts zugeschoben. Einige Stunden später schob sie ihm ihre Antwort zurück: »Ich würde überall gerne mit Dir zusammen sein, nur nicht in diesem Zimmer.« Um ihm am darauffolgenden Tag einen neuen Zettel zuzuschieben: »Wo sonst könnten wir eine ganze Nacht lang sprechen, wenn nicht in diesem absurden Zimmer. D.K.«

Für Momente saßen sie einander gegenüber ohne einen Gedanken an ihre Lage: an SPHERICON, an Umschulungen und Lebensläufe, an Jahre der Arbeitslosigkeit … – selbst an die Existenz von Weekend-Suite II. Als ob sie an einem anderen Ort, in einer anderen Zeit, unter anderen Umständen miteinander sprechen würden. »Erzähl weiter!«

Und sie erzählte weiter. Sie zitierte aus einem Buch ihrer Jugend, in dem sie den Satz gelesen hatte: »Und sie erzählten sich Fabeln über die Welt.« Mit solchen Sätzen bedeuteten sie einander ihre erste durchsprochene Nacht.

·/·

Die Maßnahmen, die gegen beide ausgesprochen wurden: Herunterstufung (Bonus Coins) auf Basic Minus; mindestens für zwei Wochen; im Klassenzimmer getrennte Plätze; eingeschränktes Power Napping; Biographisches Arbeiten (Lebenslaufschreiben, Umschreiben und Neuschreiben); Bewerbungstraining (Telefontraining, astrologische Aspekte der Bewerbung); E-Mail-Bewerbungen; Traueranzeigen; post-mortem-Telefonate …

·/·

Eines Morgens dann wurde der Unterricht für den ganzen Tag abgesagt. Die Trainees hatten sich sofort nach dem Frühstück im Freien aufzustellen, jeder im Verband seines jeweiligen Bewerbungsteams, von Apollo ganz links bis Taylor rechts. Sie standen hinter der blauen Linie auf den großflächigen Buchstaben, die auf den Boden des Hofes gemalt sind: A, C, H, P1, P2, R, T. Über der Eingangstür des

Schulgebäudes wehte die Schulfahne: in Blau-weiß und mit der Andeutung einer Pyramide. Immer wieder rätselten die Trainees über die Bedeutung der Pyramide: Eine Anspielung auf die Pyramide amerikanischer Dollarnoten? Ein Zeichen der Freimaurerei? Oder das Zeichen einer neuen Weltordnung? Von Benkdorff und Dr. Lichtenstein kamen die blaue Linie entlang. Man sah ihre Nervosität. Sie riefen den Hausmeister. Er sollte vereinzelte Papierschnipsel auf dem Hof zusammenkehren. Mit der Bitte um Beeilung. Es hatte sich Besuch angekündigt, Besuch von der Bundesagentur für Arbeit. Mr. Armstrong erklärte dies über ein Megafon: *Besuch.* Nicht irgendein Besuch, sondern der Regionalleiter eines bedeutenden Bezirks. Innerhalb der Bundesagentur, so Armstrong, sei die Position eines Regionalleiters ein eminenter Rang – vergleichbar mit dem Rang eines Bischofs oder Ministerpräsidenten. Sein Name: Friedrich Groener. Er komme in Begleitung seines Sekretärs Noske. Der Name sei ein Begriff. Und auch Programm. Soweit der letzte Stand der Informationen. Terminierte Ankunft: im Laufe des Vormittags. Der Besuch komme nicht unerwartet. Es handle sich um eine Inspektionsreise. Man sei darauf vorbereitet gewesen, die ganze Zeit. Der gesamte Unterricht SPHERICONS sei eine fortlaufende Vorbereitung auf diesen Besuch, sowie auf jede andere Art von Besuch, so Armstrong und von Benkdorff in abwechselnden Erklärungen. Ihre Schuluniformen waren frisch gebügelt. Sie liefen dienstbeflissen die blaue Linie entlang und nahmen Korrekturen an der Aufstellung der Bewerberteams vor. Währenddessen stellte der Hausmeister ein Mikrofon auf. Die Trainees standen schon seit einer halben Stunde. Es fing zu regnen an. Der Hausmeister spannte einen Schirm über dem Mikrofon auf. Er hielt den Schirm in einer Höhe, so als wäre der Regionalleiter bereits eingetroffen und stünde schon in seiner Ansprache. Von Benkdorff schaute immer wieder auf seine Uhr. Er ließ von seinem Büro aus telefonieren, wann denn Groener mit seinem Sekretär genau eintreffe …? Jeden Moment, so die Antwort. Die ganze Schule war nun schon seit einer Stunde in Aufstellung. Mancher Trainee konnte sich kaum mehr auf den Beinen halten. Von Benkdorff ließ über Lautsprecher Musik spielen, später dann eine Hörversion von ›Job Quest‹: *Alles würde ich für diese Stelle geben, alles …* – spricht der männliche Protagonist zu seiner Freundin. Später fragt ihn die Freundin: *Du würdest mich für diese Stelle wirklich verlassen?* – Ja, so die Antwort. Woraufhin die Freundin leicht aufseufzt und ihn zu umarmen scheint, wie aus tiefer Erleichterung. Es regnete ohne Unterlass … In der Ferne hörte man die Rotoren des anfliegenden Hubschraubers, zunächst nur als irritierendes Geräusch weit weg, das nichts mit der Szenerie auf dem Schulhof zu tun haben schien, und dann doch immer lauter und deutlicher näher kam. Zwischen zwei Schornsteinen flog der Hubschrauber auf sie zu. Die Positionslichter blinkten im Regen. Einige Male kreiste der Hubschrauber schwerfällig um das Schulgelände herum – so als wollte er sich ein Bild von der Schule machen. Von unten sah man die Aufschrift: ›Bundesagentur‹ – in roten Lettern auf olivgrünem Untergrund. Darunter der Slogan:

Deutschland bewegt sich. Allmählich senkte sich der Hubschrauber auf den Schulhof. Er landete, den eigenen Lärm weithin aufwirbelnd, auf einer markierten Stelle. Von Benkdorff und die anderen Trainer standen in geducktwinkenden Gesten im Wind des Hubschraubers – teils winkend, teils hinter ihren Händen Schutz suchend. Die Rotoren drehten sich unvermindert, selbst als der Hubschrauber auf dem Boden war. Der Mikrofonständer fing zu wanken an. Der Hausmeister musste ihn festhalten. Erst nach einiger Zeit spürte man eine Verlangsamung der Rotoren. Von Benkdorff lief dem Hubschrauber entgegen – unter den letzten Drehungen der Rotoren hindurch. Eine Seitentür im Hubschrauber öffnete sich: Groener stieg heraus. Er trug einen Trenchcoat und einen roten Schal. Sobald man ihn sah, glaubte man ihn auf eine unbestimmte Weise wiederzuerkennen: womöglich aus dem Fernsehen, aus den Beiträgen eminenter Nachrichtensendungen. Sein Assistent Noske folgte ihm mit einer Aktentasche. Von Benkdorff grüßte überschwänglich, mit beiden Händen: Er führte sie vom Hubschrauber weg zur Mitte des Schulhofes. Die Trainer standen in einigem Abstand an der blauen Linie. Dort hatten sie Aufstellung genommen. Sie grüßten aus der Ferne. Für persönliche Begrüßungen oder Händedrücke schien keine Zeit. Der ganze Besuch vollzog sich (mit Ausnahme der Rede) in durchgehender Eile. Groener grüßte den Trainerstab im Vorbeilaufen mit einem knappen Nicken. Die Trainer grüßten in dienerartigen Verbeugungen zurück. Mit einem Schwenk nahm Groener die Trainees in den Blick. In einer

Mundbewegung als würde er ausrufen: *Aha.* Oder: *Da sind sie also.* Er schaute auf die Uhr. Nach einigem Zögern – so als würde er sich neu entschließen – trat er schließlich über die blaue Linie, den Trainees entgegen. Von Benkdorff folgte ihm – ein wenig überrascht – mit eiligen Schritten nach und stellte ihm jedes einzelne Bewerberteam namentlich vor: APOLLO, CARNEGIE, HARTZ … Vor jeder Gruppe blieb Groener kurz stehen und sagte: »Aha.« Oder: »Sehr schön.« Oder: »Weiter so.« Bei PARSONS sprach er einzelne Trainees direkt an, mit kurzen Worten wie: »Na?« Oder: »Wie geht's?« Oder: »Wird schon werden.« Die Angesprochenen antworteten (Hände hinter dem Rücken) in bebendem Eifer. Selbst wenn sie es nicht wollten, sie konnten gar nicht anders, als in der aufrechtesten Haltung zu sprechen. Sie sprachen ihre unermüdlichen Aktivitäten: *Bewerbungstraining … Biographisches Arbeiten …* Während sie sprachen, lief Groener weiter. RICARDO, TAYLOR … »Sehr schön.« Dann machte er kehrt. Von Benkdorff zeigte den Weg zum Mikrofon. »Die Ansprache.« Auf ihrem Weg zum Mikrofon nahm der Schulleiter verstreute Worte der Anerkennung von Groener entgegen – Worte des Lobes und der Zustimmung. Von Benkdorff bedankte sich und trat ans Mikrofon. Nie zuvor sprach er so schnell und direkt und knapp: »Ich grüße … Ich danke … Wir danken … Wir freuen uns … Die ganze Schule freut sich …« All dies nur nebensächliche Worte, hastig gesprochen, um endlich Platz zu machen für die Ansprache des Regionalleiters, der nun an das Mikrofon trat. Von Benkdorff persönlich hielt den Schirm über ihn, da es immer noch regnete. Groener räusperte sich und wünschte der ganzen Schule Guten Morgen, trotz des Wetters, trotz des Regens und der Kälte, trotz der Verspätung. Er räusperte sich erneut, zog die Handschuhe, die er trug, von seinen Fingern, und reichte sie Noske, seinem Assistenten. Sogleich kam Groener auf die allgemeine Wirtschaftslage zu sprechen. Er schien diese Lage aus pausenlosen Lagebesprechungen zu kennen. Er sprach, als käme er gerade jetzt aus einer solchen Lagebesprechung. Mit dem Hubschrauber aus einer anstrengenden Lagebesprechung ins Freie geflogen, um sich die Beine zu vertreten, auf dem Flug zur nächsten Lagebesprechung. Von Lagebesprechung zu Lagebesprechung. Er sprach von der allgemeinen Lage wie von einer militärischen Lage: zugegeben eine schwere Lage … Die schwerste Lage seit dem Krieg … Das Land in gnadenlosen Export- und Preiskämpfen … In Absatzkriegen und in Abwehrschlachten … In den verschiedensten Erdteilen und an zahlreichen Fronten: Autofront, Elektronikfront, Heimatfront … Ein Wirtschaftskrieg globalen Ausmaßes … Ein *World Wide War* …

Von Benkdorff, der immer noch den Schirm hielt, nickte mit weit aufgerissenen Augen.

Zugegebenermaßen, so fuhr Groener fort, man habe Fehler gemacht … Man habe wertvolles Terrain verloren … An dieser oder jener Front habe es Einbrüche gegeben … Niederlagen und auch Verluste … Man sei nicht immer hellwach gewesen … Doch gebe es seit einigen Monaten erste Signale einer deutlichen Wende … Die Talsohle sei überschritten … Es pulsierten vielverheißende

Anzeichen eines Aufschwungs ... Eines Aufschwungs, dessen Anzeichen er nun Zahl für Zahl vorlas: Geschäftsklimaindices, Rohölpreise, Wechselkurseffekte, Schwankungsreserven, das neue Modell von Volkswagen ... Ein sagenumwobenes Modell ... Vor allem aber: ein allgemeiner Optimismus, eine spürbare Vorwärtsbewegung, ein frischer Wind ... Groener sprach andeutungsreich von neuen Produkten, bei deren Anblick ihm das Herz nicht nur höher geschlagen habe, sondern für einen Augenblick stehen geblieben sei ... Noch nie da gewesene Innovations- und Exportoffensiven stünden bevor ... Die Zurückeroberung verlorener Märkte ... Er lobte die Arbeit der Ingenieure ... Vorkämpfer neuer Arbeit ... In einem internationalen Wettbewerb ... Nicht irgendein Wettbewerb, sondern ein globaler Wettbewerb ... Ein Weltbewerb ...

Sein Assistent, der hinter ihm stand, reichte ihm einen blauen Briefumschlag.

Es gelte nun ruhig und zuversichtlich zu bleiben ... Jeder arbeite unvermindert ... Niemand höre auf Gerüchte ... Niemand verliere den Glauben ... An sich selbst sowie an das Ganze ... Die Bundesagentur helfe unverdrossen ... Unser aller Aufgabe sei ständige Bildung und Weiterbildung und Umbildung ... Gegen alle inneren wie äußeren Widerstände ... Dies unser wichtigster Rohstoff ... Unser größtes Kapital: Menschen. Man power. Menschen über Menschen ... Auch Menschlichkeit ... Nicht zuletzt hier, an dieser Schule ... Er komme nicht ohne irgendetwas ... Er komme nicht ohne gute Nachrichten ...

Er hob den Umschlag. Von Benkdorff hielt immer noch den Schirm. Der Schirm zitterte.

Es sei ihm eine unendliche Freude, der Schule mitteilen zu dürfen, dass die Bundesagentur für Arbeit der Schule eine außerordentliche Bewilligung überreiche … Die Bewilligung einer weiteren Stelle …

Er kostete die Stille zwischen den Sätzen aus.

Die Stelle eines zusätzlichen Trainers … Eine vollwertigvollständige Stelle … Dies als Auszeichnung und Ermutigung … Für das pädagogische Konzept der Schule … Für die hervorragende Arbeit von SPHERICON … In der Tat eine neue Sphäre, eine neue Welt der Bildung und Weiterbildung und Immerweiterbildung … Das Leben als lebenslängliches Lernen und Immerweiterlernen … Denken Sie daran … Vielen Dank …

Er reichte von Benkdorff den Umschlag mit der neuen Stelle. Auf Noske deutend: »Alle weiteren Formalitäten besprechen Sie bitte mit meinem Assistenten.« In der einen Hand hielt von Benkdorff den Umschlag, in der anderen den Schirm, weshalb er keine Hand frei hatte, die man ihm hätte schütteln können. Groener tätschelte ihm knapp die Schulter. Dann schritt er zum Hubschrauber. Die übrigen Trainer wussten nicht, ob applaudieren. Auf ein nachdrückliches Zeichen des Schulleiters hin fingen sie an zu applaudieren. Woraufhin die Trainees ebenfalls applaudierten. Die Rotoren des Hubschraubers begannen sich zu drehen. Noske besprach mit von Benkdorff noch die technischen Details. Dann schritt er ebenfalls zum Hubschrauber, unter dem Schirm von Benkdorffs. Im aufkommenden

Wind der Rotoren konnte von Benkdorff ihn kaum aufrecht halten. Schließlich zog er sich geduckt zurück. Noske stieg in den Hubschrauber, der gleich darauf startete. Von Benkdorff winkte mit dem Umschlag. Fast wäre er ihm aus der Hand geflogen. Auch die Trainer und Trainees winkten. Der Hubschrauber war bereits über den Dächern der Schule und der angrenzenden Lagerhalle. Für einen Moment schwebte er unschlüssig im Wind. Dann flog er davon.

./.

Für den Rest des Tages war jeder Unterricht ausgesetzt worden. Alle Klassen hatten schulfrei. Nachmittags fand eine außerordentliche Coin-Ausgabe statt. Basic Extra (60 zusätzliche Coins) für alle Trainees – wenigstens für fast alle. Eine noch nie da gewesene Euphorie hallte durch die Korridore. Die Stimmen der Trainees wirkten lauter und heller als sonst. Eine ferienartige Stimmung erfasste Schüler wie Lehrer. Als ob man morgen abreisen und nach Hause gehen dürfte. Als ob man im nächsten Moment die Koffer packen dürfte. Sogar der Hausmeister wirkte freundlich und zufrieden. Der Großteil der Schule saß in der Cafeteria, nicht nur die Trainees, sondern auch ihre Trainer. Ihr Hochgefühl schien noch ausgeprägter als das der Schüler. Ansgar Fest lud sein Bewerberteam zu einem Capuccino ein. In Plastikbechern prosteten sie einander zu. Fest bedankte sich für die Disziplin seiner Gruppe, für das gute Auftreten und Stehvermögen. »Wissen Sie«, fragte er den ganzen Tisch hoch und wieder runter, »wissen Sie, was heute passiert ist?« Die Trainees ahnten es. »Wissen Sie, wer heute hier war?« Groener … »Wissen Sie, wer Groener ist?« Ein Regionalleiter … »Ein Regionalleiter! Wissen Sie, was ein Regionalleiter bedeutet?! Wissen Sie, was das bedeutet?! Wissen Sie, wie groß sein Bezirk ist?!« Die Trainees ahnten es, aber sie wussten es nicht. »Allein sein Bezirk?! Wie viele Mitarbeiter ihm unterstehen?! Nur ihm. Wissen Sie, wie viele Arbeitslose in seinem Bezirk gemeldet sind?! Wissen Sie es?!« Niemand wusste es. »Fast eine Million.« Fest ließ sich von einem Trainee einen weiteren Capuccino bringen. »Und Sie wissen, wer ihn begleitet hat?! Sie wissen es?!« Sein Assistent Noske … »Sein Assistent Noske … Wissen Sie, wer Noske war, wer Noske ist?« Es dauerte einige Zeit, bis er Worte und Sätze fand, um zu beschreiben, wer Noske war und wer Noske ist: Noske der persönliche Sekretär Groeners … Weit mehr als nur ein Sekretär … Vielmehr das Gehirn Groeners … Das Gehirn der gesamten Bundesagentur … Ein Statistiker … Ein begnadeter Mathematiker … Ein Logiker … Von Hause aus Philosoph … Ursprünglich habe er Karl Marx gelesen … Karl Marx … Warum nicht … Und nicht nur Marx … Auch Marcuse und Adorno … Warum nicht … Dann ein Bekehrungserlebnis … Während einer Amerikareise … In einem kalifornischen Kino … Mitten in einem Film … Als er das Kino verließ, war er ein neuer Mensch … Bemerkte zu seiner Begleiterin: Ab jetzt nur noch Logik … Logik und

Mathematik und Statistik … Promovierte in Logik … Habilitierte in Logik … Lebte in Logik … Kam zur Bundesagentur … Arbeitete sich hoch … Entwickelte neue Verfahren der Statistik … Durch neuartige Verfahren habe er jahrzehntealte Statistiken ins Reine gerechnet … Fehlerhaft registrierte Arbeitssuchende herausgerechnet … Unhaltbare Behauptungen umgerechnet … Ungenaue Statistiken bereinigt … Noske der Rechner … Noske der Philosoph … Noske der Schöpfer neuartiger Formeln … Noske der Berüchtigte … Noch heute lese er Marx – um sich abzureagieren …

Bis in den Abend hinein sprach Fest über Noske: Er unterschreibe seine Statistiken mal mit links, mal mit rechts … Je nach Befinden … Noske …

Karla Meier und Roland Bergmann waren nicht am Tisch. Sie saßen in verschiedenen Klassenzimmern an autobiographischen Drills und Strafarbeiten …

Immer noch sprach Fest von Noske. Er trank Capuccino auf Capuccino. Innerhalb eines Jahres, so Fest, habe Noske die Arbeitslosenstatistik um eine halbe Million gesenkt. Um eine halbe Million …

Insgeheim schrieb Karla gar nicht ihren eigenen Lebenslauf, sondern den Lebenslauf ihres Freundes Roland, unter ihrem Namen und ihrem Geschlecht, so wie ihr Freund Roland Bergmann in Wahrheit nicht seinen, sondern ihren Lebenslauf schrieb – unter seinem Namen und seinem Geburtsdatum und seinem Geschlecht …

Wer anfängt, sich mit seiner Lage zu arrangieren, mit dem werden wir uns nicht mehr arrangieren. »Wer hat das gesagt? Groener. Groener hat es neulich gesagt. Er hat nur ausgesprochen, was Noske gedacht hat …«

Per E-Mail schickten sich Karla und Roland ihre Lebensläufe zu, zusammen mit kurzen Nachrichten und Briefen. Karla: »In keinem meiner Lebensläufe würde ich irgendetwas von mir preisgeben. Nicht hier und nicht unter diesen Umständen. Nicht einmal für eine Stelle würde ich so weit gehen.« Und sie fügte hinzu: »Liebster, was würden wir ohne unsere Träume, ohne unsere Hoffnungen machen?«

./.

Der Inbegriff all der Cafeteria-Gespräche war noch gar nicht angesprochen: die Stelle. Erst während des Unterrichts am nächsten Morgen sprach er – Fest – mit heiserer Stimme – in mehreren Anläufen – mit dramatischen Pausen zwischen einzelnen Wörtern – das Thema offen aus: die Stelle. Ja, man habe richtig gehört. Man habe sich nicht getäuscht. Man habe nicht geträumt: in der Tat eine Stelle. BAT II a, Fallgruppe 1 a. Die Stelle eines Trainers. Eines Trainers an dieser Schule. Mit allen Rechten und Pflichten. Pause. Keine halbe, sondern eine volle Stelle. In aller Form vergütet. Pause. Sie werde bald öffentlich ausgeschrieben. Pause. Der Schulleiter habe heute Morgen mit dem Trainerstab gesprochen. Pause. Er habe die Absicht die Stelle nur innerhalb der Schule auszuschreiben. Pause. Nirgendwo sonst. In keiner Zeitung. Auch nicht im Internet. Pause. Jeder Trainee in der Schule sei eingeladen, sich auf die Stelle zu bewerben. Pause. Jeder. Kein Wort darüber werde aus der Schule gelangen. Jedenfalls nicht von der Schulleitung. Pause. Die Ausschreibung werde in der Großen Pause am Schwarzen Brett ausgehängt. Pause. Noch nie in der Geschichte SPHERICONS habe die Schulleitung den Trainees ein derartiges Angebot gemacht. Pause. Es gelte nun ruhig zu bleiben … Die Nasenflügel einiger Trainees zitterten … Die Nerven zu behalten. Bis zum Ende der Bewerbungsfrist seien es noch einige Wochen. Pause. Fest zitierte die Schlüsselszene eines amerikanischen Spielfilms: *We've got to play this wisely now.* Jeder Bewerber habe die gleiche Chance. Alter, Geschlecht, Schul- und Berufsabschlüsse spielten ab jetzt keine Rolle mehr. Die Ausschreibung sei ein radikaler Neuanfang. Die Schulleitung kenne kein Premium, kein Advanced, kein Basic mehr, weder Abitur noch Studium noch sonstige Äußerlichkeiten, sondern nur noch Bewerbungen. Stichhaltige Bewerbungen. Jeder Trainer werde seinen Trainees dabei helfen. Er, Fest, werde sein Bestes geben … Seine Erfahrungen, sein Wissen … Jede Bewerbung aus APOLLO werde er mit aller Leidenschaft unterstützen … Jede … Als würde er sich selbst um die Stelle bewerben … Die anderen Trainer ebenfalls … CARNEGIE, HARTZ, PARSONS … Nicht zu unterschätzen … PHILADELPHIA, RICARDO, TAYLOR … Auch nicht zu überschätzen … Keine Angst vor anderen Namen … Keine Angst vor irgendjemandem, aber Respekt … Und Obacht … *Careless talk costs Jobs … There will be job attacks and counter-attacks … We've got to play this wisely now …*

Die Stelle wurde am Schwarzen Brett mit den Worten ausgeschrieben: ›A Job For You‹. Fast beiläufig. In der Art eines völligen Understatements. In kleineren Buchstaben waren die Bewerbungsbedingungen aufgelistet. Die Bewerbungen galt es schriftlich an die Schulleitung zu richten unter dem Betreff: *Trainerjob.* Die Bewerbung war per E-Mail zu übermitteln. Jede Bewerbung sollte folgende Unterlagen enthalten: einen Bewerbungsbrief (*covering letter*), einen Lebenslauf, eventuelle Audiodateien mit gesprochenen Lebensläufen, auch animierte Grafikdateien (Bewerbungsfotos, Bewerbungsgrafiken, Bewerbungsvideos). Die Bewerbungssprache ist Deutsch oder Englisch. Auch beide Sprachen in Kombination sind erlaubt, vielleicht sogar erwünscht: *I wish to apply for the post of a school trainer. Find enclosed a bilingual curriculum vitae …* Alle eingereichten Bewerbungen werden von der Schulleitung sorgfältig gesichtet und geprüft. Maßgeblich für erfolgversprechende Bewerbungen sind die Qualität von Bewerbungsform und Bewerbungsinhalt. Bewerbungsinhalt: biographische Attraktivität und Konsistenz, Folgerichtigkeit biographischer Plotstrukturen (Exposition, Wendepunkt, Lösung) etc. Bewerbungsform: Grafische und typografische Qualität des Bewerbungsbriefs sowie der gesamten Bewerbungsunterlagen; multimediale (statt monomediale) Gestaltung und Übermittlung der Bewerbungsinhalte. Die Schulleitung wählt aus den überzeugendsten Bewerbungen fünf Bewerber/Bewerberinnen aus, die zu Vorstellungsgesprächen eingeladen werden. Die Vorstellungsgespräche finden samstagabends statt, auf der Bühne der Schulhalle. Jedes Vorstellungsgespräch dauert 30 Minuten: Es beginnt mit einem fünfzehnminütigen Soloprogramm jedes Bewerbers in Form von Vortrag, Schauspiel, Revue, Tanz oder Musik. Dem folgt ein fünfzehnminütiges Kreuzverhör des Bewerbers durch Schulleitung und Trainerstab. Am Ende des Abends wird der am wenigsten überzeugende Bewerbungsvortrag per Votum des Publikums selektiert. Die Schulleitung behält sich das Recht öffentlicher Empfehlungen vor. Nach Abwahl eines Bewerbers geht das Verfahren mit den verbleibenden Bewerbern am darauffolgenden Samstagabend in die nächste Runde. Wieder wird der am wenigsten überzeugende Bewerber aus- bzw. abgewählt, bis der siegreiche Bewerber/Trainer feststeht. Das Finale findet am fünften Samstagabend statt, eine Woche vor Trimesterende.

Das Bewerbungsverfahren ist ausführlich, umfassend und demokratisch. Es konsultiert die Meinungen und Gefühle aller Trainees, also der gesamten Schulgemeinde. Es vollzieht sich auf der breitestmöglichen evaluierenden Grundlage. Es enthält fachliche wie plebiszitäre Elemente. Es verlangt den Bewerbern alles ab, und dies über einen langen Zeitraum. Es beobachtet und begutachtet auf vielen Ebenen. Es fordert, es bezieht mit ein, es veranschaulicht, es verdeutlicht. Es überlässt nichts dem Zufall.

· / ·

Ansgar Fest blickte über die Rücken seiner Trainees. Sie saßen im Klassenzimmer an den Computern und tippten ihre Bewerbungen. Oder feilten an Briefköpfen. Oder an Bewerberfotos und biographischen Graphiken. Allein schon die Bewerberfotos waren eine Sisyphosarbeit. Sie wurden entweder von gewöhnlichen Fotos in den Computer gescannt oder mit einer schuleigenen Digitalkamera geknipst: vorwiegend im Fitnessraum an der Palme. Die meisten Lebensläufe enthielten mehrere, hintereinander geschaltete Bewerberfotos in der Art elektronischer Diashows, die einen Bewerber in größtmöglicher Vielfalt präsentieren sollten: in wechselnden Posen, in immer neuen Kleidern, an verschiedenen Orten, zu unterschiedlichen Zeiten ... Bei der Arbeit, in der Freizeit, beim Sport. Ansgar Fest nickte anerkennend in die Monitore. Er äußerte nur kleine Korrekturvorschläge: Manche Fotos wollte er größer haben. Andere farbiger. Oder heller. Oder schärfer. Oder leicht abgeändert, zum Beispiel retuschiert. Einzelne Körperpartien sollten durchaus hervorgehoben werden. Warum nicht? »Gehen Sie aufs Ganze. Es gibt nur diese eine Stelle.« Er zitierte Machiavelli, der einmal gesagt haben soll: Die Politik sei kein Instrument der Religion, sondern umgekehrt, die Religion ein Instrument der Politik. »Verstehen Sie.« Gleiches, so Fest, gelte für Lebensläufe. Lebensläufe sind keine Darbietungen des Lebens, sondern umgekehrt: Das Leben ist nur das Material, der Rohstoff eigendynamischer Lebensläufe. Nicht mehr und nicht weniger. Lebensläufe folgten ihrer eigenen Wahrheit. Und ihren eigenen Möglichkeiten. Wie auch Notwendigkeiten. Ein gelungener Lebenslauf ist nicht das, was gewesen ist, sondern das, was gewesen sein könnte oder gewesen sein sollte – um ein Leben zu irgendeinem Erfolg zu bringen. Nicht Wirklichkeitssinn, sondern Möglichkeitssinn, forderte Fest von seinen Trainees. Nicht die Übereinstimmung von Lebenslauf und Lebenswirklichkeit, sondern innere Stimmigkeit. »Wenn jemand keine Mittlere Reife hat, dann kann er kein Abitur haben.« Weil dies die Regeln innerer Stimmigkeit verletzt. »Wenn aber jemand schreibt, dass er Mittlere Reife und Abitur hat, auch wenn er beides nicht hat, dann ist das ein stimmiger Tatbestand, der sich allein daraus ergibt, dass es im Lebenslauf geschrieben steht.« Faktum kommt von *facere*, machen. *Just do it.* Es gibt kein Faktum ohne irgendein Gemachtes. Es gibt keine Tatbestände, die nicht gemacht wären. Tatbestand kommt von Tat. Von nichts sonst. *Just do it.* Es geht um innere Stimmigkeit, um sonst nichts, zumal bei dieser Bewerbung. Sie ist von jeder Außenwelt abgeschnitten. Es gibt keine Bewerber von außerhalb. Es gibt keine Gutachter von außerhalb. Es gibt kein außen, sondern nur noch innen: die innere Stimmigkeit und Überzeugungskraft jeder einzelnen Bewerbung. »Verstehen Sie das nicht?!« Manchmal wirkte Fest ungehalten und genervt: »Begreifen Sie das nicht?! Sie können in Ihren Lebenslauf schreiben, was Sie wollen. Was immer Sie für richtig halten. Solange es nur in sich stimmig ist. Wenn Sie sich zu alt fühlen, dann ändern

Sie das Alter. Wenn Ihnen der Geburtsort nicht passt, dann ändern Sie Ihren Geburtsort. Wenn Sie mit Ihrem Schulabschluss nicht zufrieden sind, dann schreiben Sie Abitur.« *Anything goes*, war die ständige Antwort von Fest. Nichts ist unmöglich. Solange alles nur stimmig ist. »Fangen Sie mit Ihrem Lebenslauf noch einmal von vorne an«, sagte er einem Trainee über die Schulter: »Machen Sie Tabula rasa.« Ein Lebenslauf ist zunächst wie eine weiße Wand. Eine Leinwand. Nicht mehr und nicht weniger. Lebensläufe sind eigenständige Kunstwerke. Niemand wird sich für Belege oder Zeugnisse interessieren. Niemand. Auch nicht der Schulleiter. Er hasse Belege und Zeugnisse. »Sie selbst sind der Beleg. Sie selbst sind Ihr Zeugnis. Ihr Zeugnis ist Ihr Zeugnis.« *Testfahrer bei Volkswagen*, war auf einem Monitor zu lesen. »Warum nicht«, so Fests Antwort. *Animator auf Gran Canaria.* »Viel besser«, rief Fest durch den Klassenraum. »Aber nicht in dieser Schrift … Keine Times New Roman … Alles, nur keine Times New Roman … Nehmen Sie Impact … Oder besser Britannic Bold … Oder Arial Black … Ich will die Buchstaben tanzen sehen …« Und er ging zum nächsten Monitor. »Was soll das?!« rief er in den Rücken einer Schülerin. »Was soll das?!« Die Floristin. Sie wollte immer noch Floristin werden – *Blumengeschäft sucht Floristin.* Die Stellenanzeige lag gefaltet in ihrer Tasche. Sie – die Floristin – war mittlerweile zehn Jahre jünger – Anfang dreißig – nicht mehr vierzig. So stand es in ihrem Lebenslauf – ein Lebenslauf, den sie unter dem Eindruck von Fests Äußerungen über innere Stimmigkeit immer weiter abgeändert hatte – zu ihren

Gunsten. Wie auch zugunsten ihrer Liebe zu Blumen. »Was soll das?!« Ob sie sich immer noch um die Stelle einer Floristin bewerben wolle, statt um die Stelle eines Trainers. Was Sie gegen die Stelle eines Trainers einzuwenden habe?

»Nichts.«

Aber?

»…«

Aber?

»…«

Fest fühlte sich durch ihren Lebenslauf persönlich beleidigt. Er beschimpfte ihren Lebenslauf als völlig verfehlt, von einer anderen Welt, gegen jeden Rat und gegen alle Vernunft. Wovor sie eigentlich Angst habe? Ob die Vorstellung, hier an dieser Schule als Trainer zu arbeiten, sie überfordere? Er hieß sie eine Angsttraumtänzerin. Ihr Lebenslauf sei possenhaft. Sie solle von vorne beginnen. Auf der Stelle. Tabula rasa. Mit einer einzigen Fingerbewegung löschte er ihren Lebenslauf. Sie saß vor einem leeren Monitor. In ihrer blumenbestickten Bluse. »Und überdenken Sie einmal Ihre Frisur.« Sie starrte auf den Monitor. »Und denken Sie vielleicht einmal darüber nach, ein wenig abzuspecken. Wenigstens ein bisschen. Zum Wohle Ihrer Bewerbung.« Er blickte auf ihren Nacken: »*Basic Minus!* Es wird Ihnen gut tun.« Und er ging zum nächsten Bildschirm. *Lateinstudium.* Fest blickte ungläubig. Dann sagte er plötzlich: »Warum nicht? Eine originelle Provokation.« Möglicherweise geeignet den Bewerbungsausschuss wachzurütteln. »Warum nicht? Weitermachen! Ich will eine Kampfsportart sehen. Hier unten will ich eine

Kampfsportart sehen. Nichts sonst! Nicht Vegetarismus, sondern Fleisch. Keine Norwegerponys, sondern Rennpferde. Keinen Lebensgang, sondern einen Lebenslauf …« Er kam zum nächsten Computer: »Ändern Sie Ihr Passwort. Ändern Sie Ihr Passwort jeden Tag. Sorglose Passwörter zerstören Jobs …« Und: »Es gibt nur diese eine Stelle …« Und: »Eine Stelle ist wie eine Medaille. Keine Silber-, sondern eine Goldmedaille. Nur Gold zählt unter den Medaillen. Nur Gold. Merken Sie sich das! 30 Mal Silber ist nichts im Vergleich zu einem einzigen Mal Gold. Auch nicht 60 Mal Silber. Oder 100 Mal Silber … Das ist 100 Mal verpasst! 100 Mal gescheitert! 100 Mal Ausflüchte und Ausreden … Es gibt nur diese eine Stelle! Keine zweite Stelle, keine dritte Stelle, sondern nur diese eine Stelle …« Er gelangte an den Bildschirm von Karla Meier.

Wie sie vorankomme?

Sie nickte.

Er blickte über ihren Rücken.

Sie saß regungslos.

Woran sie schreibe?

Sie suchte nach einer Antwort.

»Was schreiben Sie da?«

»Ich weiß es nicht.«

»Was heißt das: *Sie wissen es nicht?!*«

»Ich …«

»Was schreiben Sie da?«

Sie antwortete nicht.

»Was ist das?«

Sie starrte auf den Bildschirm.

»Ist das ein Lebenslauf?«
»…«
»Ist das ein Lebenslauf?«
»Nein.«
»Also kein Lebenslauf.«
»Ich glaube nein.«
»Sondern?«
»…«
»Nur ein paar Notizen.«
»Notizen worüber?«
»Ich …«
»Sie wissen es nicht?!«
»Nein.«
»Sie wissen also nicht, woran Sie gerade schreiben?«
Sie antwortete nicht.
»Sie schreiben gar nicht an einer Bewerbung.«
»Ich …«
»Sie schreiben also gar keine Bewerbung.«
»Nein …«
»Was?«
»Nein.«

./.

Karlas Notizen: Sie schrieb diese Notizen für sich oder in hastigen E-Mails an Roland Bergmann – postscripta zu ihren nächtlichen Gesprächen in Weekend-Suite II. In den

Worten Roland Bergmanns: Speakend-Suite. Karla antwortete ihm mit einem einzigen Satz: »Yes, my dear, let us speak our end.«

./.

E-Mail Karla: Schreibst du an deiner Bewerbung?
E-Mail Roland: Ich weiß nicht. Und du?
E-Mail Karla: Nein.

./.

E-Mail Karla: Letzte Nacht träumte ich die Frage: Wer sind Sie eigentlich? Ich glaube, Fest war es, der das fragte, und ich antwortete: Ich bin nur im Allergeheimsten. In meinen eigenen Gedanken und Erinnerungen. Sonst bin ich nicht. Jedenfalls nicht hier … Vielleicht sollte ich in meinen Lebenslauf schreiben: Ich bin nicht, also bin ich …

./.

E-Mail Roland: Apropos Lebenslauf: Natürlich lief mein Leben nicht rund. Oder soll ich sagen: eckig, hölzern, verworren, verschroben …

E-Mail Karla: Verschroben?

E-Mail Roland: Zu vieles falsch gemacht. Falsch studiert, falsch gearbeitet, die falschen Bücher gelesen. In falschen Vorstellungen gelebt. Falsch aufgetreten. Zum Beispiel bei einer Bergwanderung. Ich kam auf einen falschen Weg und bin dann noch mit meinem Bein falsch aufgetreten. Ich verstauchte mir den Knöchel. Auch das noch, sagte eine Freundin. Ich hätte sie sofort fragen sollen: Was sonst noch?

E-Mail Karla: Die kleinen verletzenden Wörter unter Freunden.

E-Mail Roland: Am meisten hasse ich das Wort *denn.* Was macht *denn* das Studium? Wie oft ich das gefragt wurde, meist mit dem Wort *denn.* Was macht *denn* das Studium? Freundschaftlich gefragt, aus dem Augenwinkel, schielend in meine Seite gesprochen. Oder einfach nur blind in die Gegend gefragt. Was macht *denn* das Studium? Hätte ich doch geantwortet: Was macht denn das Denn? In diesen Tagen gründete ich einen Anti-Denn-Club.

./.

E-Mail Karla: Ein einziges Mal wollte ich das Gefühl erleben, eine Stelle dankend abzulehnen. Am besten eine

Stelle, um die ich mich gar nicht beworben habe. Diese Freiheit wollte ich mir nehmen. Etwas zurückzuweisen, bevor man selbst zurückgewiesen wird. Eine umgekehrte Form von Bewerbung. Eine Art der Entwerbung. Nach den allergrößten Stellenanzeigen in den Zeitungen wollte ich Ausschau halten und dankend ablehnen, in denselben Worten, die ich jahrelang zu lesen bekam: Sehr geehrte Damen und Herren. Haben Sie besten Dank für Ihr freundliches Stellenangebot. Zu meinem allergrößten Bedauern muss ich Ihnen mitteilen, dass die Stelle meinen Vorstellungen nicht in vollem Umfang entspricht. Für Ihre geschäftliche Zukunft wünsche ich Ihnen weiterhin viel Erfolg sowie eine gute Hand bei der Suche nach geeigneten Bewerbern. Mit freundlichem Gruß etc.

E-Mail Roland: Wie wohltuend das sein muss.

E-Mail Karla: Allein das Wort *weiterhin.* Welch ein Gefühl, dieses Wort unter umgekehrten Vorzeichen auszuschreiben. *Weiterhin viel Erfolg.*

E-Mail Roland: Hast du einen solchen Brief je geschrieben?

E-Mail Karla: Leider nein.

./.

E-Mail Karla: Mein Leben lang war ich eine Zuspätsprechende.

E-Mail Roland: Zuspätsprechende?

E-Mail Karla: So nannte ich mich gegenüber meinen Freunden: eine Zuspätsprechende. In den entscheidenden Gesprächsmomenten fiel mir oft nichts ein. Manchmal saß ich völlig sprachlos. Je verletzender ein Gespräch wurde, desto sprachloser war ich. Meine Antworten habe ich oft erst lange nach den entscheidenden Momenten eines Gespräches gefunden, wenn es für Antworten viel zu spät war, meist nachts im Bett, wenn ich nicht schlafen konnte. Dann kamen mir wirkliche Antworten. Satz für Satz. Ich hätte ganze Romane schreiben können.

./.

E-Mail Karla: Wäre ich nicht eine so furchtbare Zuspätsprechende, dann wäre ich womöglich gar nicht hier. Weißt du, dass ich als junges Mädchen Sängerin werden wollte?

E-Mail Roland: Wirklich?

E-Mail Karla: Ja.

E-Mail Roland: Warum schreibst du das nicht in deinen Lebenslauf?

E-Mail Karla: Weil ich es wirklich werden wollte.

./.

E-Mail Roland: Soll ich in meinen Lebenslauf schreiben, dass ich mich früher einmal duelliert habe?
E-Mail Karla: Bitte nicht.

./.

E-Mail Karla: Ich würde dem Club gerne beitreten.
E-Mail Roland: Welchem Club?
E-Mail Karla: Dem Anti-Denn-Club, den du gegründet hast.
E-Mail Roland: Wirklich?
E-Mail Karla: Ja, gerne.

./.

E-Mail Karla: Kennst du Gedichte auswendig?
E-Mail Roland: Ich glaube nein. Und du?
E-Mail Karla: *Was die Realisten sagen, kommt mir so unwirklichkeitsfremd vor.*
E-Mail Roland: Wer sagt das?
E-Mail Karla: Ein Gedicht.

./.

E-Mail Roland: Ob ich überhaupt ein Mensch bin? – fragte mich Lichtenstein.
E-Mail Karla: Wenn ich es wäre, dann sicher nicht hier.

./.

Spätabends wurde sie in ein Klassenzimmer bestellt – nicht bestellt, sondern dorthin gebracht. Ansgar Fest trat zu ihr und forderte sie auf mitzukommen. Sie folgte ihm in ein entlegenes Klassenzimmer. Fest bedeutete ihr, sich zu setzen. Er fixierte sie wortlos. Schließlich sagte er:

»Schildern Sie mir bitte Ihre Bewerbungsstrategie.«

»Ich …«

»Ja?!«

»Ich habe … keine Strategie.«

»Nein?«

»Nein.«

Pause.

»Sie bewerben sich also wahllos, ohne jede Strategie.«

»Ich …«

»Ja?!«

Pause.

»Sie wissen, dass es für die Stelle eine Bewerbungsfrist gibt.«

»Ja.«

»Aber Sie haben noch keine Strategie.«

»Nein.«

»Keine Ahnung, wie Sie sich auf die Stelle bewerben sollen?! Keinen Plan für einen Lebenslauf?!«

»Nein.«

»Kann ich einmal Ihre Bewerbungsunterlagen sehen?«

»Sie sind im Computer.«

»Dann gehen wir zu Ihrem Computer.«

»Der Computer ist im anderen Klassenzimmer.«

»Dann gehen wir ins andere Klassenzimmer.«

Pause.

»Worauf warten wir?!«

Pause.

»Gibt es überhaupt irgendwelche Bewerberunterlagen?«

»...«

»Gibt es überhaupt irgendwelche Bewerberunterlagen?«

»Nein.«

»Keine Unterlagen?«

»Nein.«

»Wie kommt das?«

Pause.

»Wie kommt das?«

»Ich ...«

»Sprechen Sie bitte lauter!«

»Ich ... bin nicht ...«

»Lauter! Ich verstehe Sie nicht.«

»Ich bin mir nicht sicher, ob ich mich auf die Stelle überhaupt bewerben ... soll ...«

Pause.

»Sie sind sich nicht sicher, ob Sie sich auf die Stelle bewerben sollen?!«

»Ja.«

Pause.

»Ist Ihnen klar, was Sie da sagen?!«

»…«

»Ist Ihnen das klar?!«

»…«

»Sie stellen ernsthaft die Frage, ob Sie sich auf die Stelle bewerben sollen?!«

»Ja.«

»Lauter! Ich verstehe Sie nicht!«

»Ja.«

Pause.

»Sie wissen, wo Sie sind?!«

»…«

»Wo sind wir hier?!«

»SPHERI…«

»Wo?«

»In SPHERICON.«

Pause.

»Wir sind also hier in SPHERICON.«

»Ja.«

»Und warum sind Sie hier?!«

»…«

»Warum sind Sie hier?!«

»Ich weiß es nicht.«

»Wie bitte?!«

»Ich weiß es nicht.«

»Sie wissen es nicht, und Sie stellen hier an diesem Ort allen Ernstes die Frage, ob Sie sich auf eine Stelle bewerben sollen?!«

»…«

»Nicht irgendeine entfernt mögliche, sondern eine reale Stelle …«

»…«

»Nicht irgendeine vage bezahlte, sondern eine wirkliche Stelle …«

»…«

»Hier und jetzt!«

»…«

»Voll vergütet.«

»…«

»An dieser Schule.«

»…«

»Sie sind 36 Jahre alt. Sie sind seit Jahren ohne Stelle, vielleicht für den Rest Ihres Lebens, und Sie stellen ernsthaft die Frage, ob Sie sich auf die Stelle bewerben sollen.«

»…«

»Sie driften in einem Ozean massenhafter Arbeitslosigkeit und Sie stellen eine solche Frage?!«

»…«

»Ist es das, was Sie mir sagen wollen?!«

»…«

»Ist es das, was Sie mir sagen wollen?!«

»Ja.«

»Wie bitte?«

»Ja.«

· / ·

Im ersten Gespräch sagte Karla: »Ich bin mir nicht sicher, ob ich mich auf die Stelle bewerben soll.« Später sagte sie, kaum hörbar: »Ich weiß nicht, ob ich mich auf die Stelle bewerben *will*.«

»Wie bitte?«

»Nichts.«

»Wie bitte?«

»…«

»Sprechen Sie bitte lauter.«

»Ich weiß nicht …, ob ich mich … auf die … Stelle bewerben will.«

Pause.

»Warum wissen Sie das nicht?«

Es fragte nicht mehr Ansgar Fest, sondern Schulpsychologe Lichtenstein, zuerst in Zimmer 101, später in den Zimmern 102 und 103. »Warum wissen Sie das nicht?« Ihre Antworten kamen stammelnd. Sie gelangte nur bis zur Mitte eines Satzes, bevor sie unterbrochen wurde oder die Antwort von selber abbrach. Lichtenstein reichte ihr ein Glas Wasser. »Warum wissen Sie das nicht?« Der Klang seiner Stimme änderte sich minütlich. In manchen Momenten fragte er freundlich jovial, mit einem aufgeschlossenen Ausdruck, so als wäre jede Antwort möglich und erlaubt: »Antworten Sie ganz offen. Hier gibt es keine Tabus. Geht es Ihnen nicht gut? Haben Sie genug zu essen? Gibt es Probleme im Elternhaus?« Dann fragte er wieder mit einer

Unerbittlichkeit, so als wäre keine einzige Antwort erlaubt. »Warum wissen Sie das nicht?«

Sie antwortete nach langen Pausen und fast unhörbar: »Ich weiß nicht.«

»Sie wissen es nicht.«

»Nein.«

»Ist das alles, was Ihnen einfällt?«

»...«

»Ist das alles, was Ihnen einfällt?«

»Nein.«

»Sondern?«

»...«

»Sondern?«

»...«

»Sie sagten vor einigen Wochen bei unserem ersten Gespräch: Sie wünschten sich nichts mehr als eine Stelle. Nach all den Jahren würden Sie an nichts anderes denken als an die Ruhe und den Frieden einer einzigen einfachen Stelle. Alles würden Sie dafür geben, nur für diesen Frieden.«

»...«

»Haben Sie das gesagt?«

»...«

»Haben Sie das so gesagt?«

»Ja.«

»Aber?«

»...«

»Aber?«

»...«

Pause.

»Hier ist sie, die Aussicht auf die Ruhe und den Frieden einer einzigen einfachen Stelle.«

»…«

»Oder ist Ihnen die Stelle nicht *einfach* genug?«

»…«

»Ist es das?«

»…«

»Warum haben Sie Angst vor der Stelle?«

»Weil …«

»Weil?«

»Weil …«

»Warum haben Sie Angst vor der Stelle?«

»…«

»Fühlen Sie sich überfordert?«

»…«

»Sie fühlen sich also überfordert?!«

»…«

»Ja?«

»Ja.«

Pause.

»Und weil Sie sich überfordert *fühlen*, bewerben Sie sich nicht.«

»…«

»Ist es so?«

»…«

»Ist es so?«

»Ja.«

Pause.

»Glauben Sie«, fragte Lichtenstein weiter, »glauben Sie,

es ist ein hinreichender Grund, sich auf eine Stelle nicht zu bewerben, nur weil man sich überfordert fühlt?«

»…«

»Glauben Sie, andere fühlen sich möglicherweise nicht ebenfalls überfordert und bewerben sich dennoch?!«

»…«

»Ja?!«

»…«

»Warum bewerben Sie sich dann nicht?«

»…«

»Warum bewerben Sie sich dann nicht?«

»…«

Er bat sie aufzustehen. Führte sie ins nächste Zimmer, in Zimmer 102. Bedeutete ihr sich zu setzen. Verließ das Zimmer. Ließ sie 20 Minuten lang alleine sitzen. Sie saß neben einer Kiste mit unzähligen Scheren. An der Wand hing eine Anatomie des menschlichen Gehirns. Daneben einige psychologische Verhaltensmodelle und die Ankündigung eines Vortrages: *Arbeitslosigkeit als physiologisch-genetisches Phänomen.* Lichtenstein trat in das Zimmer, setzte sich ihr gegenüber, bot Karla einen Kaugummi an. Sie saß regungslos. Lichtenstein fuhr mit der Bemerkung fort: »Alle Menschen fühlen sich fortlaufend überfordert, und sie handeln dennoch. Das ganze Leben ist eine Überforderung, und wir leben dennoch.«

»…«

»Stimmen Sie mir zu?«

»…«

Pause.

»Sie sind verliebt?«

»…«

»Sind Sie verliebt?«

»Nein, ich …«

»Nein?«

»Nein.«

»Aber?«

»…«

»Sie sind also verliebt.«

»…«

»Warum nicht? Was spricht dagegen? Außer dem Umstand, dass Sie sich nicht auf die Stelle bewerben wollen. Nichts sonst spricht dagegen.«

»…«

»Sie verbrachten mit Roland Bergmann einige Nächte in Weekend-Suite II?«

»Ja.«

»Und?«

»…«

»War es schön?«

»…«

»Roland Bergmann ist 39 Jahre alt.«

»Ja.«

»Also nicht mehr ganz jung.«

»Nein.«

»Er hat Abitur und hat studiert. Das ist doch was?«

»…«

»Das ist doch was? Oder nicht?«

Pause.

»Sicher ist er sehr einfühlsam und verständnisvoll.«

»…«

»Kann gut zuhören.«

»…«

»Ganze Nächte lang.«

»…«

»In der Vergangenheit schwelgen.«

»…«

»Ohne irgendeinen Gedanken an die Zukunft.«

»…«

»Ohne eine einzige Berührung.«

»…«

»Wenn das keine Liebe ist.«

»…«

»Und Briefe schreiben.«

»…«

»War die Annehmlichkeit des Waschbeckens im Zimmer betörend?«

»…«

»So wie der Anblick des unberührten Betts?«

»…«

»War das betörend?«

Pause.

»War das betörend?!«

Lichtenstein schaltete das Licht aus. Einige Minuten saßen sie nur noch im Schimmer einer entfernten Tischlampe. Er bot ihr Kaffee an. Dann fragte er in einem neuen Ton: »Haben Sie schon einmal daran gedacht, dass Sie Ihrem Freund mit Ihrer Haltung schaden?«

»…«

»Nein?!«

»…«

»Dass Sie ihn schlecht aussehen lassen … Ihn unmöglich machen … Mit seinen fast vierzig Jahren.«

»…«

»Dass Sie mit Ihrer Weigerung sich zu bewerben auch der Bewerbung Ihres Freundes schaden?! Nicht nur der Bewerbung Ihres Freundes, sondern allen Bewerbern von Apollo, auch Ihrem Trainer.«

»…«

»Wollen Sie das?!«

»…«

»Wollen Sie das?!«

»Nein.«

»Nein?«

»Nein.«

»Warum bewerben Sie sich dann nicht?!«

./.

Am Ende dieser Gespräche war Karla nur noch schweigend gesessen. Lichtenstein schob ihr ein Blatt Papier und einen Kuli zu: »Schreiben Sie.« Er stand auf, verließ das Zimmer, kam wieder zurück: »Schreiben Sie, was Sie sich dabei denken. Schreiben Sie, wie Sie sich dabei fühlen.« Karla saß regungslos – bis in den Morgen.

./.

Armstrong regte an, ihre Weigerung einfach zu ignorieren, sie so zu behandeln, als wäre sie eine reguläre Bewerberin, ohne irgendwelche Maßnahmen gegen sie einzuleiten. Es bestand weder Verdunklungs- noch Fluchtgefahr. Man würde ihr stillschweigend bedeuten, dass sie als Trainee in SPHERICON automatisch in dem Bewerbungsverfahren registriert sei, auch ohne eigene Bewerbung. Jeder Trainee hier ist ein Bewerber, ob er will oder nicht.

./.

Andererseits hatte sich ihre Weigerung bei den anderen Trainees längst herumgesprochen. Ihr Verbleiben in APOLLO könnte sich gefährlich auswirken. Ihre bloße Präsenz wäre für die anderen Trainees eine ständige Vergegenwärtigung offener Verweigerung. Eine Herabwürdigung des gesamten Bewerbungsverfahrens. Eine Herabwürdigung der ausgeschriebenen Stelle. In letzter Konsequenz eine Entwürdigung der Schule.

./.

»*Wer anfängt, sich mit seiner Lage zu arrangieren, mit dem werden wir uns nicht mehr arrangieren.* Sagen Sie ihr das. Sagen Sie ihr das im Guten wie im Schlechten. Sagen Sie ihr das mit allem Nachdruck.«

.⁄.

I wish to apply for the post of a school trainer … Sie hatte diesen Satz mehrere Male geschrieben und wieder durchgestrichen. Und auch ihre Lebensläufe. Geschrieben und wieder durchgestrichen. Jeder Lebenslauf begann mit einer neuen Kindheit. Fest duldete nur neue Kindheiten: kühne Kindheiten, verwegene Kindheiten, aberwitzige Kindheiten, preisgekrönte Kindheiten. Eine Kindheit allein war ihm nicht genug. Jede Kindheit war ein eigener Themenpark, ein eigenes Lebensmotto, eine eigene Plotstruktur. Kindheiten der Fernseh- und Ballettauftritte, der Gesangstunden, der Reitturniere … Vielsprachige Kindheiten. Keine artigen Zubettgehkindheiten, sondern Aufstehkindheiten, Kindheiten der Extreme. Hervorstechende Kindheiten. Überzeugende Kindheiten, weniger überzeugende Kindheiten … Kindheiten wie zum Beweis für eine gelungene Jugend … Wie zum Beweis für ein gelungenes Leben … Wie zum Beweis für eine gelungene Bewerbung …

Hiermit bewerbe ich mich … Irgendwann schrieb sie: *Hiermit entwerbe ich mich* … Um diese Stelle und um jede andere Stelle. Später schrieb sie: *Hiermit verwerbe ich mich um jede weitere Stelle. Ich verwerbe und verwahre mich gegen euer Hochglanzleben.* Sie schrieb dies als E-Mail an Roland Bergmann und löschte all ihre Bewerberfotos. *Delete! Delete!* Verabscheuungswürdig. Roland Bergmann antwortete ihr mit einem Wort: *Anbetungswürdig!*

Schlimmer noch als ihre eigenen Fotos schienen ihr die Fotos der anderen Trainees. Bewerberaugen, Bewerbernasen, Bewerberhaare, Bewerbermünder, Bewerbergrimassen … Sie grinsten in endlosen Diashows über die Bildschirme: Bewerbergesicht um Bewerbergesicht … Mit Sonnenbrille, ohne Sonnebrille … Mit Palme, ohne Palme … In wechselnden Kleidern und wechselnden Distanzen … Dem Betrachter immer näher kommend … Großaufnahmen geschminkter Lippen … Mit Sprechblasen versehen, die in wirren Buchstaben grüßen: *Hi. How are you?!* Oder: *Who are you?* Viele Fotos waren mit Tondateien unterlegt, die zusammen mit den Fotos sprachen: *Hello, my name is … I was born in Ulm …* Nächstes Foto. *My parents …* Nächstes Foto. *My school …* Entweder sprachen die Fotos in den Stimmen der Bewerber. Oder in Stimmen aus dem Internet: *Hi, I want to talk to you about your job offer.* Mit Oxford-Englisch. Oder Reggae-Englisch. Oder auf Deutsch in der Stimme eines Darstellers aus ›Job Quest‹: *Ich möchte diese Stelle, nichts anderes als diese Stelle, nicht mehr und nicht weniger als diese Stelle!* Viele Bewerber waren auf ihren Fotos kaum wiederzuerkennen, was Fest gut fand, sehr gut.

Karla hielt sich so unauffällig wie möglich – abseits des Gerangels der anderen Trainees um die schuleigene

Digitalkamera. Sie wollte damit nichts zu tun haben. Noch wollte sie im Fitnessraum vor der Palme fotografiert werden. Oder wo auch immer. Sie dachte an die Endausscheidung, die finalen Vorstellungsgespräche in der Art einer Samstagabendshow auf der Bühne der Schulhalle. Was für ein Wort: End-aus-scheidung.

Das Soloprogramm. Und das anschließende Kreuzverhör. Auf den Korridoren waren die ersten Übungen dieser Soloprogramme bereits zu hören: die Gesänge einzelner Trainees in Begleitung von Musik aus tragbaren Ghettoblasters. Minnegesänge in den Melodien und Texten alter Charthits: *I want you to want you, I need you to need you, I love you to love you …* Sie besangen die Stelle als würden sie die größte Liebe ihres Lebens besingen. Wer nicht sang, der übte irgendwelche Ansprachen, inständige Bewerbungsmonologe: *Ich bin … Ich will … Ich glaube … Ich werde … Ich könnte …* Karla hörte diese Worte. Und sie hörte den näselnden Jammerton eines entfernten Hip-Hop-Gesangs. Sie konnte nicht unterscheiden, ob dieser Gesang aus dem Radio kam oder der hybride Gesang eines Trainees war. *Who knows.* Sie hörte durch die Korridore unentwegte Betriebsamkeit, ein ständiges Gelaufe, Gerenne und Gehopse in Gedanken an die ausgeschriebene Stelle. Sie sah bereits das grelle Bild desjenigen, der am Ende die Stelle bekommen würde: an einem Samstagabend, auf der Bühne der Schulhalle, in grinsender Dankbarkeit und ratloser Beschämtheit, in den Armen des Schulleiters, im Spalier johlender Hochrufe. *The winner is …*

· / ·

Karla lag oder saß auf dem Bett von Weekend-Suite II. Man hatte sie hierher gebracht. Vorübergehend. Aus Mangel an anderen Zimmern. Auch aus Ratlosigkeit darüber, wie mit ihr weiter zu verfahren sei. Einen Monat zuvor hätte man sie von der Schule verwiesen – ohne zu zögern – innerhalb einer Stunde – mit allen Konsequenzen, die die Bundesagentur daraus gezogen hätte. *Delete! Delete!* Seit einiger Zeit aber lag bei der Schulleitung die Weisung der Bundesagentur, bei disziplinarischen Vergehen Trainees einstweilen auf dem Schulgelände zu halten. Es mehrten sich die Fälle marodierender Arbeitsloser, die ziellos durch die Gegend zogen, ohne Status und Plan. Es mehrten sich die Fälle brennender Tankstellen ... *Sämtliche Trainees bestehender Maßnahmen sind unter allen Umständen bis zum Ende der Maßnahmen auf dem Schulgelände zu halten, siehe Plan Weiß,* war die Weisung der Bundesagentur. Man sollte sie sofort von ihrer Bewerbergruppe trennen und – bis auf weiteres – in einem gesonderten Zimmer unterbringen. Ihre Angehörigen sollten informiert werden. Aus rechtlichen Gründen. Nicht sofort, jedoch in den nächsten Tagen. Jeder Kontakt zu Apollo hatte zu unterbleiben. Trainees anderer Bewerberteams brachten ihr die Mahlzeiten. Die Schulleitung legte Wert darauf, sie korrekt zu behandeln. Sie durfte ihre Habseligkeiten mitnehmen. Sie wurde sogar hochgestuft von Basic Minus auf Basic. Sie durfte lesen. Und einmal am Tag ins Freie, auf den Hof, bei strikter Kontaktsperre zu den anderen Trainees. Meist absolvierte sie ihre Hofgänge bei einbrechender Dunkelheit, die Tage wurden nun kürzer. Der Hof war menschenleer. Im Inneren der Klassenzimmer leuchteten die Monitore der Computer. Sie wurde von den Klassenzimmern aus beäugt. Nur sehr flüchtig und aus dem Augenwinkel: Da läuft sie … Das Inbild grundloser Verweigerung … Das Schreckbild eines Inbilds … Nicht so zu enden wie sie … Sie steht mitten im Hof … In der Nähe des blauen Strichs … Bei einbrechender Dunkelheit. Ein ausgelöschter Mensch, der nur noch scheinbar von dieser Welt ist. Deleatur. Zu löschen. Die Rechner der Bundesagentur löschen in Millisekunden. Vergleichbares, so Fest, habe es noch nie gegeben. Handyverstöße, ja, nachgemachte Coins, aufgebrochene Automaten, Computerwürmer oder nächtliche Eskapaden, sogar Fluchten, jedoch kein solcher Fall. Kaum zu übertreffen. Durch kein Versagen eines anderen Trainees mehr zu überbieten. Ein leises Aufatmen ging durch die Schule, als ihr Fall publik wurde. Die Trainees in den Klassenzimmern stierten gegen die Bildschirme der Computer, so als könnte der kleinste Seitenblick ihre Bewerbungschancen schmälern.

Auf dem Nachttisch neben ihrem Bett lag ein tadelloses Bewerbungsschreiben. Das Schreiben war in ihrem Namen von der Schulleitung verfasst. Es fehlte nur noch Karlas Unterschrift. Sie konnte jederzeit unterschreiben. Und sofort jemanden rufen, um die Bewerbung dem Sekretariat zu übergeben. Tag und Nacht. Noch sei die Tür zurück in die Schule nicht verschlossen. Noch. Lichtenstein und Fest kamen abwechselnd: »Warum unterschreiben Sie nicht?« Vor dem Essen. Nach dem Essen: »Warum nicht?! Was haben Sie wirklich gegen die Stelle?!«

Fest: »Sie verschleudern sich … Ihr Talent, Ihre Möglichkeiten, Ihr ganzes Leben.« Und dann: »Was haben Sie wirklich gegen die Stelle?! Setzt Sie irgendjemand unter Druck?! Sprechen Sie offen. Oder ist die Stelle nicht gut genug bezahlt?! Unter Ihren Erwartungen?! Unter Ihrem Niveau?! Ist es das?! Oder sind Sie an Arbeit grundsätzlich nicht interessiert?!« Er war schon fast aus dem Zimmer, da drehte er sich um: »Ihr Freund Roland Bergmann hat eine fulminante Bewerbung eingereicht, die beste Bewerbung in ganz APOLLO … Sie werden noch von ihm hören.«

Sie wurde aufs Klo und in den Waschraum und wieder zurückgebracht. Zu ihrer eigenen Sicherheit. Drei Mal am Tag. Es wurde ihr bedeutet, ihre Sachen zu packen und sich bereit zu halten. Aus den Lautsprechern im Korridor tönten unentwegt Folgen von ›Job Quest‹. Der Held einer Folge schwamm über den Bodensee. Einfach so, aus einem vagen Gefühl heraus. Er schwamm über die Bojen eines Strandbades hinweg immer weiter in den See hinaus. Je weiter er schwamm, umso stärker reifte der Entschluss, den See zu durchschwimmen. Vielleicht sogar darin zu ertrinken. Nach vielen Stunden nahm ihn eine Schweizer Yacht an Bord – und der Yachtbesitzer versprach ihm Arbeit. Einfach so. Und er sagte: *Das wäre ja gelacht. Gelacht!* Zum Ende durchdringen, zunächst wie eine ferne Ahnung aus dem Hintergrund, dann immer lauter und deutlicher, die ersten warmen Töne der bekannten Erlösungsmelodie die

Schlussszene einer jeden Folge, begleitet vom beginnenden Rhythmus des Basses, der immer schneller und schneller schlägt, wie Faustschläge auf einen Tisch oder gegen eine Tür: *Ja, so ist es. Es gibt noch Gerechtigkeit. Die Welt ist noch nicht völlig aus den Fugen!* Und es beginnt die nächste Folge.

Oder die Wiederholung der letzten Folge. *Tu das nicht, bitte tu es nicht*, befleht die Freundin ihren Freund. Er antwortet: *Ich tue, was ich will!* Er plant, ein Flugzeug zu entführen. Wenn er bis Montag keine Arbeit findet, will er es tun. *Bitte nicht*, ruft die Freundin mit weinerlicher Stimme. Er entführt das Flugzeug nicht. Er fliegt als blinder Passagier bis nach Miami. Dort findet er Arbeit. Arbeit!

Wenn nicht ›Job Quest‹, dann die Zahlenkolonnen endloser Wirtschaftsnachrichten. Sie verkünden die Zeichen des nahenden Aufschwungs. Er offenbart sich überall: in steigenden Zahlen, in neuartigen Erfindungen, in funkelnden Fabrikanlagen, in den Köpfen von immer mehr Menschen, in wachsender Zuversicht, in den Visionen eines berühmten astrologischen Showmasters: *Ich sehe Licht … Über den Sternen … Am Ende der Dunkelheit … Licht über Wiesen … Und Wäldern … Ich sehe leuchtende Landschaften … und arbeitende Menschen … und Flugzeuge und singende Autos …* Andere Stimmen mahnten in beschwörenden Zahlen zum Durchhalten: *Nur noch Monate … Wenn nicht Wochen …* Manche Zahlen wurden wie Fanfaren ausgerufen. Andere wie endlose Litaneien, in nüchterner Heiserkeit gesprochen, als ständiges Hintergrundgeräusch durch die Tage SPHERICONS: *Nur Ruhe … Nur*

Mut … Nur weiter … So der Unterton dieser Stimmen. Zahlen auf Zahlen, gleich endlosen Konvois militärischen Nachschubs.

Niemand wird Ihnen eine Stelle geben. Niemand! Karla versuchte sich auf ihr Buch zu konzentrieren. *Schauen Sie sich doch um!* Sie las es Zeile für Zeile. *Schauen Sie sich um!* Jede Zeile las sie mehrere Male. *Schauen Sie sich an!* Sie las leise. *Wie alt sind Sie denn?* Und sie las laut. *Wie alt sind Sie denn?!* Sie las durch die Stimmen aus ›Job Quest‹ hindurch, bis zur Erlösungsmelodie und dem Beginn der nächsten Folge.

Andere Stimmen klangen wie die Stimmen aus Wetterberichten. Die ersten fernen Zeichen eines Wetterumschwungs: *Ein Hoch … Es kommt … Näher und näher … Geduld … Nur Geduld …* Wirtschaftsaussichten, Wetteraussichten, astrologische Aussichten. *Es wird … Es wird … Es wird …*

»Stehen Sie auf!« Karla lag auf dem Bett. »Stehen Sie auf! Ziehen Sie Ihren Mantel an und packen Sie Ihre Sachen.« Sie zog ihren Mantel an, packte ihre Tasche und wartete – den ganzen Tag, bis in den Abend. Abends wurde ihr mitgeteilt: Sie bleibe noch. Sie könne wieder auspacken. Man habe mit ihren Eltern telefoniert. Sie über alles in Kenntnis gesetzt. Der Form halber.

Delete! In Millisekunden werden die Rechner der Bundesagentur löschen und auslöschen, ganze Städte und Großstädte arbeitsloser Menschen, die es nicht anders gewollt oder gekonnt hatten; doch trotz aller Löschungen und Auslöschungen behalten die Rechner eine Erinnerung an die vorausgegangenen Vorkommnisse, die einen Löschvorgang herbeigeführt haben.

›Lost‹ hieß eine weitere Sendung. Eine Sendung, die nur aus Stimmen bestand, die alles verloren hatten: jeden Platz, jeden Schutz oder Halt, jede Unterstützung, jeden Nexus zu anderen Menschen, jede Hilfe, jeden Glauben, Glauben an sich oder an irgendetwas sonst. Jede Bindung oder Verbindung war zertrennt. Ohne irgendeinen Halt. Keine Freunde, keine Bekannte, keine Kollegen, keine Familie, keine Geschwister, keine Kinder. Ohne Papiere, ohne jeden Status, wie ausgelöscht, aus sämtlichen Computern und Karteien getilgt. Ohne beweisbaren Namen, ohne beweisbares Geburtsdatum, ohne jede Beweisbarkeit oder Beweiskraft. Auch ohne jede Zukunft. Nur der Nebel undurchsichtiger Vergangenheiten. Voller Versäumnisse und klaffender Lücken und dunkler Fehler. Sonst nichts. Nicht einmal Erinnerungen. Nur stammelnde Echos. Ohne irgendein Wissen. Ohne jede Versicherung oder Rückversicherung. Identitätslos. Ohne Anrecht. Ohne gar nichts. *Lost.*

Ihre Eltern, so Fest, seien fassungslos und tief enttäuscht. Besonders die Mutter. Eine Welt sei für sie zusammengebrochen.

./.

Sie schrie ihm nach: »Lassen Sie meine Eltern in Ruhe! Meine Eltern sind nicht fassungslos! Und nicht enttäuscht! Schon gar nicht meine Mutter!« Karlas Schreie waren weithin zu hören. »Meine Mutter ist nicht enttäuscht!« Die Lautsprecher auf den Korridoren wurden lauter gestellt. »Meine Mutter war nie enttäuscht!« Und lauter. »Lassen Sie meine Eltern aus dem Spiel! Es sind *meine* Eltern.« Die Lautsprecher spielten einen Schlager. »Keine Welt dieser Welt würde für meine Eltern wegen so etwas zusammenbrechen!« Einen Schlager der Bundesagentur. »Meine Eltern wissen nicht einmal, dass ich überhaupt hier bin.« *Summertime.* »Nie hätten sie mich hierher gelassen.« *Milkshake-time.* »Oder in eine ähnliche Schule!« *And other times.* »Sie hätten lieber auf jeden Gedanken an Schule verzichtet.« *Better times.* »Als mich in eine solche Schule gehen zu lassen!« *Upcoined times.* »Lassen Sie meine Mutter aus dem Spiel!«

./.

»Wir könnten euch«, so Fest, mit bebender Stimme und mit der ganzen Kraft seines Wesens, »wir könnten euch auch fallen lassen.« Er sagte *euch*, nicht *dich* oder *Sie*, sondern *euch.* »Wir könnten euch jederzeit fallen lassen.« Er stand an der Tür und war im Begriff zu gehen und sagte: »Wir könnten euch, mir nichts, dir nichts, euch selbst überlassen, von heute auf morgen … Was spräche dagegen? Wir könnten es uns sehr einfach machen und alle Bemühungen einstellen. Auf der Stelle ...« Und: »Es wäre sogar möglich, in diesem Land gut zu leben ... In einigem Wohlstand und Luxus ... Mehr oder weniger unbekümmert ... Würde man von sieben bis acht Millionen arbeitslosen Fällen spontan absehen ... Würde man diese Millionen einfach abziehen ... Würde es diese Millionen nicht geben ... Oder würde sich diese Zahl im Nachhinein auflösen ... Wie einfach, genügsam und zufrieden könnten die Dinge sein ... Ohne falsches Mitleid ... Fremdmitleid oder Selbstmitleid ... Nicht mehr die Wartezimmerwelt der Viel-zu-Vielen ... Nicht mehr die Quadratur des Kreises ... Wir könnten über Nacht jede Unterstützung einstellen ... Mehr noch: jede weitere Beschäftigung ... Jeden weiteren Gedanken ... Denken Sie einmal darüber nach.«

.∕.

Und: »Täuschen Sie sich nicht, machen Sie sich keine falschen Hoffnungen: Unter Ihrem Grabstein wird keine Weltgeschichte liegen. Nicht einmal eine Fußnotengeschichte.«

.∕.

Auf dem Korridor lag eine ungewöhnliche Stille. Kein Mensch war zu hören. Der Lautsprecher über der Tür war still, dann hallten plötzlich Rufe. Zunächst klang es wie ein schriller Hilferuf, mehr Schrei als Ruf, der Schrei eines Ertrinkenden. Doch je mehr sich dieser Ruf im ganzen Haus verbreitete und wiederholte und fortsetzte, umso gegenteiliger klang dieser Ruf: kein Panikruf, kein Sterbensruf, sondern ein Freudenruf; mehr als ein einziger, einzelner Freudenruf – viele übereinander, ineinander brechende Freudenrufe. Die Freudenrufe eines Erretteten oder Auferstandenen. Die Freude klang hell und schrill. So hell und schrill als würde man in Eis brechen. Und innerhalb von Sekunden folgten die nächsten Schreie, die ebenfalls durch die Korridore gingen. Jeder Schrei schien eine Bewegung. Eine laufende, hüpfende, tanzende Bewegung, umringt von anderen laufenden, hüpfenden, tanzenden Bewegungen – vielleicht nicht ganz so laut, nicht ganz so hüpfend, nicht ganz so tanzend, aber dennoch deutlich vernehmbar. Jeder Anfangsschrei war nur ein Anfangsschrei, ein Aufschrei unfassbarer Freude, die immer wieder aufs Neue hervorbrach, in ungläubiger Fassungslosigkeit, gegen Wände und Türen und Tische trommelte. Über all dem spielten nun die Lautsprecher die Erlösungsmelodie aus ›Job Quest‹. Es war der Tag der öffentlichen Nominierung der fünf Kandidaten für die Vorstellungsgespräche. Der Schulleiter hatte die Namen vor seinem Büro vorgelesen. Jeder Name, den er verlesen hatte, war ein Aufschrei – ein Lebensschrei – vielleicht der schönste Augenblick im Leben eines Menschen. Von Benkdorff hoffte es zumindest. Zwei der Nominierten gehörten zu Carnegie, einer zu Hartz, einer zu Parsons, einer zu Apollo. Es erklang immer noch – in einer Endlosschleife – die Erlösungsmelodie von ›Job Quest‹ aus den Schullautsprechern. Zum ersten Mal erlebten Menschen, im Hier und Jetzt, die Wirklichkeit von all dem.

./.

Fest trat ins Zimmer. Er sagte – wie im Vorbeigehen: »Na?!« Was sie dazu sage? Ihr Freund Roland Bergmann. Unter den fünf Nominierten. Eine großartige Bewerbung. Selten sah man in all den Jahren eine derart fehlerlose Bewerbung. Makelloser Bewerbungsplot ... Mit exzellenten Grafiken gespickt ... Blattgoldeffekte ... Fehlerloses Bewerbungsenglisch ... *Close to nativeness.* Welch ein Erfolg! Ein Erfolg für Roland Bergmann. Ein Erfolg für Apollo. Ein überfälliger Erfolg. Mehr als überfällig.

./.

In einem tagelangen Countdown wurde der erste Samstagabendtermin über Lautsprecher durchgegeben: Samstag, der 19. November um acht Uhr abends in der Schulhalle … *Live. Noch vier Tage, 12 Stunden und 23 Minuten* … Interview mit einem der Nominierten: Wie es ihm gehe? Wie er sich fühle? Ob die Nominierung ihn überrascht habe? – Ja. Und wie. Wie er sich vorbereite? Ob er dankbar sei? – Unbeschreiblich dankbar.

./.

Gelegentlich hörte man die Rufe und Gesänge von Fangruppen durch die Gänge ziehen. Sie riefen und sangen und klatschten die Namen eines Nominierten. *Nicht-Nominiert supports Nominiert.* Gemäß dem Satz in ›A New Life‹: Einer für alle, alle für einen. Die Schulleitung erhöhte noch in derselben Woche die Coinmenge auf Premium für alle.

./.

Es stehe ihr frei, so Fest zu Karla, bald zu gehen – nach Klärung einiger versicherungstechnischer Fragen. Krankenversicherungstechnisch, unfallversicherungstechnisch, arbeitslosenversicherungstechnisch. Bis dahin möge sie sich im Rahmen ihrer Situation verhalten.

Die Schullautsprecher spielten – meist abends – weitere Staffeln von ›Lost‹. Kopf ab – spoken songs: Sprechgesänge vereinzelter Wesen – erstickende Lamenti – wie in Höhlen gesprochen – oder in Weltraumkapseln – so als wären diese Stimmen ohne Körper – nur noch Köpfe – sprechende Köpfe – ihre Lage schon jenseits der Verzweiflung – ohne Auswege oder Rückwege – Hilfe oder Trost – ohne Zuhörer – so sprechen sie – als gäbe es nicht einmal Zuhörer – in gnadenlosen Inventuren und Bilanzen – lebenslänglichen Scheiterns – gegen allen Rat und jede Vernunft … *Lost.*

Ich habe alles falsch gemacht … Was man auch falsch machen konnte … Ich habe es falsch gemacht … Von Anfang an … Schon in der Schule … Eine Stimme aus *Lost. Leid … Mitleid … Selbstmitleid … Dies waren meine Worte … Leid Mitleid … Selbstmitleid … Weiter bin ich nicht gekommen … Als bis zu dem Wort Selbstmitleid … Ich hätte ein Wort weitergehen sollen … Von Selbstmitleid zu Unselbstmitleid … Dahin hätte ich kommen müssen … Unselbstmitleid … Unselbstmitleidig hätte ich mit mir verfahren sollen … So unselbstmitleidig mit mir selbst wie unfremdmitleidig mit anderen …* Stimme aus *Lost.*

Du würdest mich für diese Stelle wirklich verlassen? – ›Job Quest‹. Wiederholungsfolge für Wiederholungsfolge. Und den Wiederholungsfolgen folgten die Wiederholungswiederholungsfolgen der wiederholten Folgen. Jede Wiederholung mehr, so die Bundesagentur, ist ein Schritt der Bewahrheitung und Verwirklichung, der Selbsterzeugung künftiger Stellen, und sei es nur in den Köpfen der Menschen. *Alles würde ich für diese Stelle geben, alles …* – sagt der Held zu seiner Freundin, und die Freundin fragt ihn: *Du würdest mich für diese Stelle wirklich verlassen?* – Ja, so die Antwort. Die Freundin seufzt leicht auf und scheint ihn zu umarmen, aus tiefer Erleichterung.

Fest: Welchen Grund zur Klage sie überhaupt habe? Sie, Karla, schwimme hier in Privilegien: ein eigenes Zimmer, Doppelbett, Waschbecken …, während andere in Schlafsälen lebten. Nichts in ihrem Leben, in ihrem Wesen, selbst in ihren Klagen sei überzeugend, weder in der Summe seiner einzelnen Teile, noch im Großen und Ganzen … Selbstverständlich könne sie mit ihren Eltern sprechen … Niemand hat das Gegenteil von dem behauptet. »Sie behaupten hier Dinge, die nicht den Tatsachen entsprechen. Hier ist ein Antrag. Da ein Merkblatt.« Er reichte ihr ein Formular. »Bitte ausfüllen! Sobald ein Anruf für Sie eingeht, lassen wir es Sie wissen.«

·/·

Den ersten Samstagabend erlebte Karla teils über Lautsprecher, teils in den Echos entfernter Rufe: vereinzelte Rufe, vereinte Rufe, skandierende Rufe und Gegenrufe – wie die Rufe von Fangruppen in Fußballstadien – oder die hysterischen Schreie in einem Popkonzert – der Nominierte von CARNEGIE – Gerd Frommer – war mittlerweile ein Star – er hatte Fans in der ganzen Schule. Er trat – als

Höhepunkt des Abends – als Letzter auf die Bühne und sang das Lied: *Take me … Take me all … All I am … All I will … Be … The right one … The bright one … I am … All what I am … More what I am … In my prime … My prime time …My prime high life time …Take me … Take me all … Take me home* … Begleitet von Gitarrenmusik und Synthesizerklängen als Playback. Das Lied endete in dem Jubel von Carnegie und den anderen Fans. Es dauerte einige Zeit bis die Halle zur Ruhe kam. Immer wieder überschlugen sich neue Rufe und Gegenrufe. Die Jury (Schulleiter, Stellvertretender Schulleiter, Schulpsychologe und Trainer) saßen in einer gesonderten Sitzgruppe auf der anderen Bühnenhälfte und machten sich Notizen. Dann begannen ihre Fragen, Nachfragen, Zwischenfragen und Fangfragen: Warum dieses Lied? Warum überhaupt ein Lied? Ob er die Jury mit dem musikalischen Auftritt hatte überrumpeln wollen? Die Antwort Frommers: Ja – unter dem frenetischen Rufen der Halle. Ja! Nächste Frage: In Saigon geboren? Warum gerade Saigon? Frommers Antwort: Warum nicht? Jubel in der Halle. Nächste Frage: Warum in Yale gelebt, aber nicht in Yale studiert? Warum? Warum trauen Sie Ihren eigenen Einfällen nicht? Nächste Frage: Mir gefällt die Grundidee Ihres Lebenslaufs. Durchaus. Nur die Jahre 1998 bis 2002 wirken flach. Farblos. Mit unnötigen Längen. Stellenweise sogar unglaubwürdig. Einspruch Armstrong: Ganz und gar nicht unglaubwürdig. Im Gegenteil! Äußerst realistisch. Und unterhaltsam. Geradezu kulinarisch. Wie Mousse au Chocolat … Jubel in der Halle. Nächste Frage: Hauptstadt von Maryland? Was ist die Hauptstadt von

Maryland? In Ihrem Lebenslauf steht, Sie hätten dort einmal gelebt? Nächste Frage. Eine logische Frage: Wenn A oder B, dann C. Es gilt A. Dann gilt auch C … Stimmen Sie zu? Nächste Frage: Beschäftigungsformel nach Noske? Wie sieht diese Formel aus? Nächste Frage: *Als ob er am anderen Ufer stehe.* Was ist an diesem Satz sprachlich falsch? Nächste Frage: Deutscher Meister der Saison 2013/2014? Bayern München I oder Bayern München II? Nächste Frage: *Als ob man am anderen Ufer stünde.* Warum ist dieser Satz richtig? Nächste Frage: Annapolis. Was sagt Ihnen dieser Name? Nichts? Sollte Ihnen aber. Annapolis ist die Hauptstadt von Maryland. Nächste Frage: Man lauert Ihrer Freundin im Park auf und raubt ihr die Arbeitspapiere. Wie verhalten Sie sich? Nächste Frage, eine englische Frage, Business English: *What is the difference between economic and economical. What is it? Next question: The theory of perfect competition. Explain it!* Nächste Frage: Ihre Schwester trachtet nach Ihrer Stelle. Wie verhalten Sie sich? Nächste Frage: Warum Powerpoint? Nächste Frage: Was ist ein Blog? Und ein Blogspotter? Nächste Frage: A kann nicht gleichzeitig A und Nicht-A sein. Stimmen Sie dem zu? Nächste Frage: A kann nicht gleichzeitig A und nicht A sein. A kann aber auch nicht weder A noch Nicht-A sein. Was sagen Sie dazu? Nächste Frage …

Frommer war an diesem Abend brillant. Er wurde nicht abgewählt. Natürlich nicht. Wie hätte man ihn abwählen können. Er qualifizierte sich spielend leicht für den nächsten Samstagabend. Wie auch Roland Bergmann. Weniger leicht, aber immer noch deutlich. Die Kandidatin von PAR-

SONS wurde herausgewählt. Unter dem Jubel der Halle. Jubel für Frommer. Nichts gegen PARSONS und seine Kandidatin, aber Frommer. Ein zweiter Criens. Oder Hagenburg. Seine Antworten waren ein Segen. Befreiungsschläge. Wie die Befreiungsschläge eines angeschlagenen Boxers, der in eine Ecke gedrängt sich niederduckt und plötzlich zurückschlägt. Er stand in einer tiefen Verbeugung auf der Bühne. *Thank you.* Seine Fans riefen seinen Namen, in vereinten Frommer-Rufen. Als ob sie selbst – wenigstens für Sekunden – Frommer wären, kraft ihrer leidenschaftlichen Unterstützung Frommers. Als ob sie Frommer und Frommer sie selbst wären – nur unter anderen, besseren Umständen. Er sprach es selbst zum Dank an alle ins Mikrofon: *Ich bin ihr alle.* Er warf Bonus Coins ins Publikum, so als wäre er schon nicht mehr von dieser Welt.

Einige weibliche Trainees riefen seinen Namen. Als würde man ihre Erregung zusätzlich mit kaltem Wasser benetzen. Weekend-Suite. Eine Nacht mit Frommer im Weekend-Suite. Oder auch nur eine Stunde. Zusammen mit Frommer. Er an Stelle all der anderen ohne Stelle. Allein seine Stimme und seine Augen. *Job-Conquest-Augen.* Er beugt sich über mich und küsst mir den Geschmack seiner nahenden Stelle … in den Nacken. Der bloße Gedanke war ein nackter Aufschrei. Frommer – Fromm, Frömmer, Frommer – Fromm, Frömmer, Frommer – Frommer winkte – die Trainees in den hinteren Reihen begannen sich zu setzen. Welch ein Lauf, welch ein Leben … Kein geschenktes, kein gegebenes Leben, sondern ein selbst entworfenes Leben, in wochenlanger autobiographischer

Arbeit … Noch vor Wochen war dieses Leben kaum der Rede wert gewesen … Jetzt war dieses Leben in aller Munde, mit besten Aussichten auf eine Stelle … Ein von Grund auf neu gestaltetes Leben … Wie ein Haus, das man abreißt und völlig neu aufbaut … Oder ein Roman, den man verwirft, um ihn neu zu schreiben: in einer anderen Sprache, in einer neuen Haltung, in einer geradlinigen Handlung, die Geschehnisse in einem unwiderstehlichen Sog, ein Drift zu neuen Ufern, wie ein wärmender Golfstrom … Was ist ein Roman anderes als ein wärmender Golfstrom. Und was ist ein Lebenslauf anderes als ein Roman. Ein Lebensroman mit immer weiteren Wendungen … Mein Leben ist nicht zufällig entstanden, sagte einmal Frommers Trainer, Armstrong, nicht nur stellvertretender Schulleiter, sondern auch der Trainer CARNEGIES, sagte Armstrong, dem Frommer so viel verdankte, mein Leben ist nicht zufällig entstanden, ich habe daran gearbeitet. Und er zitierte einen amerikanischen Roman: *He sprang from his Platonic conception of himself* … So auch Frommer. Noch vor Wochen waren nicht einmal seine Augen der Rede wert gewesen, und er hatte keine Ahnung gehabt von seiner eigenen Stimme.

./.

Noch am selben Abend sollte Karla ihre Sachen packen und mitkommen. Fest kam nicht alleine, sondern in Begleitung des Hausmeisters. »Mit der Bitte um Eile. In Ihrem eigenen Interesse.« Fest deutete auf ihre verstreuten Habseligkeiten. »Vergessen Sie die Zahnbürste nicht. Und das T-Shirt ...« Karla fragte: »Komme ich nach Hause?« Fest antwortete: »Mehr oder weniger.« Der Hausmeister nahm ihre Tasche und ging voraus. Es war weit nach Mitternacht. »Ihr Glück«, sagte Fest. Er meinte die Stille und die Dunkelheit. Sie gingen das Treppenhaus hinab, ins Erdgeschoss, dann ins Untergeschoss, Richtung Fitnessraum. In der Dunkelheit leuchteten die Geräte weiß. Es roch nach kaltem Schweiß. »Merken Sie sich diesen Geruch«, sagte Fest und ging weiter, am Solariumzimmer vorbei, dann am Dusch- und Heizungsraum. Mit einem Schlüssel öffnete der Hausmeister ein kleines Zimmer. Auf dem Boden lag eine Gymnastikmatte, darauf ein Schlafsack. Der Hausmeister stellte ihre Tasche ab. Karla setzte sich auf die Matte. Die Tür wurde verschlossen, und der Hausmeister und Fest gingen davon. Zum ersten Mal seit Wochen lag sie in völliger Stille. Keine Beschallung durch einen Lautsprecher. Keine Stimmen aus ›Lost‹. Keine spoken songs. Keine Wiederholungsfolgen aus ›Job Quest‹. Sie schlief.

Frühmorgens wurde sie geweckt, zur nächstgelegenen Toilette geführt, und wieder zurück gebracht. Der Raum hatte kein Fenster. Es war jedoch möglich, das Licht an der Decke zu betätigen – mit einem Schalter an der Tür – erklärte der Hausmeister. Er schaltete das Licht aus und wieder ein. So als demonstriere er die Annehmlichkeiten einer genialen Apparatur. Mit seinem grauen Arbeitskittel wirkte er wie aus einer anderen Zeit – aus den Frühzeiten SPHERICONS, wenn nicht dessen Vorzeit. Was für ein Raum das sei? fragte Karla. Der Hausmeister: Ein Verfügungsraum. Für besondere Verwendungen. Nichts Außergewöhnliches. Sogar in ›A New Life‹ sei der Raum erwähnt. Unter Gymnastik und Meditation. Criens habe sich manchmal hierher zurückgezogen. »Denken Sie mal, Criens.«

Später hörte sie den beginnenden Betrieb des Fitnessraums, das Surren der Fahrradergometer, die Rudermaschine, das Gebläse des Solariums – und die Beschallung von all dem über Lautsprecher: Wieder ›Job Quest‹. Immer wieder ›Job Quest‹. Das Surren der Ergometer steigerte sich mit jeder weiteren Erlösungsmelodie. Irgendwann hörte sie das Bewerbungslied Frommers: *Take me … Take me all … All I am … All I will … Be … The right one … The bright one …* Das ganze Lied war eine einzige Erlösungsmelodie. Man hörte es an den rasenden Pedalumdrehungen der Ergometer. *I am … All what I am … More what I am …* Im Geiste stürmten sie unfassbare Anstiege hinauf, beflügelt von Frommer. Sein Lied ein Befreiungsschlag. Aus dem Nichts, in einem entscheidenden Moment, ein Leben auf den Punkt und in eine gültige Form zu bringen. *In my prime … My prime time … My prime high life time … Take me … Take me all … Take me home …* »Wenn man mit einem solchen Lied nichts wird«, flüsterte der Hausmeister, »womit dann.«

In Karlas eigenem Interesse führte er sie nur zu den Zeiten auf die Toilette, wenn der Fitnessraum leer war. Bei diesen Gelegenheiten brachte er ihr auch zu essen. »Sagen Sie offen, was sie möchten.« Er listete ihr die Angebote der Automaten auf: Hartgekochte Eier, Tassensuppen, Landjäger … »Wie Sie wollen.« Er kannte die Automaten in- und auswendig, weil er sie selbst bestückte. So wie er auch die Essensautomaten für die Trainer bestückte. Er grüßte von Fest. Fest sei beschäftigt. Mit letzten Vorbereitungen für Roland Bergmanns Auftritt. Am Samstagabend. Ein ganz ungewöhnlicher Auftritt. Mit einigen Überraschungen.

Sie könne leider nicht telefonieren … Jedenfalls nicht heute … Es tue ihm Leid … Vielleicht morgen … Oder übermorgen … Er könne dies nicht entscheiden … Nein, ihre Eltern hätten nicht angerufen … Jedenfalls habe er nichts gehört … Vielleicht, weil sie nicht durchgekommen seien … Oder gar nicht Bescheid wüssten … Oder nicht wissen, was sie sagen sollten … Und er fügte hinzu: »Warum haben Sie sich nicht einfach auf die Stelle beworben.« Mit weicher Stimme und anteilnehmendem Bedauern, aber auch voll Unverständnis: »Warum haben Sie sich nicht einfach beworben.«

Fest: Die Schulleitung habe von der Bundesagentur nicht die Erlaubnis, sie vorzeitig gehen zu lassen. Ein solcher Schritt entspreche auch nicht dem pädagogischen Konzept SPHERICONS. Im Gegenteil. Man werde ihr ein Zeugnis ausstellen. Ob sie will oder nicht. So wie allen anderen Trainees auch. Schon allein aus rechtlichen Gründen dürfe man sie nicht vorzeitig aus der Schule entlassen. Man habe mit der Bundesagentur telefoniert, aber keine Erlaubnis bekommen, sie gehen zu lassen. In zweieinhalb Wochen ende das Trimester. Mit einem Festakt. Graduation. Die Verleihung der Zeugnisse. Bis dahin bleibe sie hier. Vielleicht könne sie sich ja ein wenig darauf freuen, auf Graduation und die Verleihung der Zeugnisse. Ob sie an ihren Freund Roland Bergmann denke? Ob sie mit ihm fiebere? Ihm alles Gute wünsche? Für seinen zweiten Auftritt, kommenden Samstag.

Später, nachdem Fest gegangen war, fragte der Hausmeister: »Sagen Sie, was ist Herr von Bergmann eigentlich für ein Mensch?« Als ob er sich nach einem Star erkundigen würde. Er sagte Herr von Bergmann. Ob er Freiherr sei? Oder Graf? Aus welchem Elternhaus er stamme? Ob Herr von Bergmann wirklich einen Sechstausender in Kanada bestiegen habe? Dabei zwei Zehen verloren habe? Wann er sich mit seinem Stiefbruder duelliert habe? Und warum eigentlich? Das Bernsteinamulett? Was es damit auf sich habe? Wie er den Zeitzünder gebastelt habe? Das Camp auf den Galapagosinseln? Ob er wirklich schon vierzig Jahre alt sei?

Fest: »Vielleicht will ja Ihre Mutter gar nicht mit Ihnen sprechen und ruft deshalb nicht an. Denken Sie einmal darüber nach.«

Es gab fürchterliche Tage. Sie hielt den engen Raum nicht mehr aus. Sie wusste kaum, ob Tag oder Nacht. Ob sie das Licht aus- oder wieder ein- oder wieder ausschalten sollte? »Machen Sie doch das Licht an«, sagte der Hausmeister, wenn er sie in der Dunkelheit fand. Sie kauerte mit Unterleibsschmerzen auf der Matratze. Ob er ihr etwas bringen könne? »Ich brauche ein Klo … Ich brauche ein Klo …« Er nickte und sagte: »Ich weiß.« Und gab ihr zu trinken. Ob er Fest etwas sagen solle? Oder besser nicht? »Zweieinhalb Wochen. Nicht einmal zweieinhalb Wochen … Wenn das Licht zu hell ist, dann schalten Sie es doch aus.« Über all dem die ständige Beschallung aus dem Fitnessraum: ›Lost‹. Kopf ab – spoken songs – dann wieder ›Job Quest‹ – und die Ankündigung einer eigenen Hörversion von ›Job Attack‹ – wie Maschinengewehrsalven hämmerte ein elektronischer Bass der ersten Staffel entgegen – als würde man sich den Weg freischießen – *›Job Quest‹ war gestern, ›Job Attack‹ ist morgen …* Ob man die Lautsprecher leiser drehen könnte, fragte Karla den Hausmeister. Sie war kaum zu verstehen. »Bitte leiser!« Er antwortete: Er könne das nicht entscheiden. Die Schulleitung regle die Lautstärke. Vom Sekretariat aus. Dort befinde sich die Tonzentrale. Einmal in der Woche überspiele die Bundesagentur neue Sendungen. Er war gespannt auf die Hörversion von ›Job Attack‹. Er sprach in händereibender Vorfreude. Er fragte sie: »Mögen Sie eine Tassensuppe? Oder ein Aspirin?«

Ein Aspirin. Sie lag in Erinnerungen – Erinnerungen an ihr Bett in ihrem Elternhaus – an das Bücherregal über ihrem Bett – an den Baum vor ihrem Fenster – an die Hand ihrer Mutter – auf ihrem Gesicht – als sie in Kinderkrankheiten lag. Sie schritt wieder den Schulweg ihrer Jugend ab, Schritt für Schritt. Sie lief Umwege über Umwege. Manche Straße, die sie früher achtlos übersehen hatte, lief sie mehrere Male, vor und wieder zurück. Sie schwelgte in den geringsten Kleinigkeiten. Selbst in den altmodischen Formen der Autos ihrer Kindheit. In einem Schaufenster las sie den Satz: *Alles Schöne entbehrt völlig jeden Zweckes.* Sie setzte sich auf eine Parkbank und las ein Buch, in aller Stille, nur die Geräusche einiger Vögel und ein leichter Wind. Sie sah das Gesicht ihrer Mutter, kein Sorgen-, sondern ein Hoffnungsgesicht. Niemals sah sie ihre Mutter ernsthaft besorgt oder enttäuscht …

Über Lautsprecher hörte sie die Stimme eines Arbeitstheologen. Er sprach mit feierlicher Fistelstimme: Gibt es so etwas wie Arbeit nach dem Tod? Gesetzt den Fall, es gäbe keine Arbeit *vor* dem Tod, gibt es dafür Arbeit *nach* dem Tod? Im Jenseits? Ist ein Paradies vorstellbar ohne Arbeit?

Als Kind konnte sich Karla aufrecht stehend mit geschlossenen Augen ausgestreckt fallen lassen, in dem Wissen, dass andere sie auffangen würden. Und sie wurde aufgefangen. Sie hatte nie einen Zweifel daran. Sie machte es immer wieder vor. Im Kindergarten. In der Grundschule. Im Gymnasium. Sie wurde jedes Mal aufgefangen. Nicht nur von ihren Freunden oder Lehrern, sondern auch von Fremden. Manchmal sprach sie Menschen im Park an und fragte sie, ob man sie, wenn sie sich fallen lasse, auffangen würde, und sie wurde aufgefangen – manchmal mit unsicheren Händen, aber aufgefangen. Im Englischunterricht sagte ihr Lehrer, sich verlieben heiße auf Englisch: *to fall in love*, in Liebe fallen, der Satz sei eine Schöpfung von Shakespeare, aus *Wie es Euch gefällt*, und jedes Mal, wenn sie sich danach fallen ließ, dachte sie an diesen Satz, in

Liebe fallen, und sie schloss ihre Augen und verliebte sich fallend … Und verliebte sich mit dem Öffnen ihrer Augen in die Menschen, die sie aufgefangen hatten.

›Job Quest‹ war gestern, ›Job Attack‹ ist morgen … Schritte im Gang, pfeifend. Als würde sich jemand die Beine vertreten. Plötzlich ein Schlag gegen die Tür, Karateschlag im Vorbeigehen. Schritte wieder zurück. Richtung Fitnessraum. Vielleicht an ein Kraftgerät. Wiederholung irgendeiner Übung. Aufstehen, durchatmen, auf den Gang treten, Fußtritt gegen die Tür, und wieder zurück.

Eines Abends sagte Fest: Der Gipfel der Selbstgefälligkeit … Das eigene Leben für bare Münze nehmen … An allem bisherigen festhalten … Als ob alles in bester Ordnung wäre … Nicht daran denken, irgendetwas zu ändern … Sich für unabänderlich halten … Wir hätten es uns auch einfach machen können. Denkbar einfach. Wir hätten Sie ohne weiteres der Wut der anderen überlassen können, ohne mit der Wimper zu zucken. Ohne eine Tür. Ohne einen separaten Raum. Ohne Vorkehrungen. Wir hätten Sie oben lassen können in Weekend-Suite II und abwarten können … Man hätte mit Ihnen gemäß diesem Raum verfahren können. Mit jedem Buchstaben des Wortes … Tag für Tag, Nacht für Nacht … Das hätten wir können. Warum wir das nicht gemacht haben? Weil wir fair bleiben wollten. Weil wir Sie nicht fallen lassen wollten.

Wenn Sie aufs Klo müssen, dann geben Sie Bescheid. Klopfen Sie an die Tür. Oder rufen Sie. Nutzen Sie die Zeit zum Nachdenken. Wie es mit Ihnen weitergehen soll …

Nach SPHERICON. Dies ist kein Arrestraum, sondern ein Denkraum. Denken Sie über sich nach …

Warum man Sie hier runter gebracht hat? Unter anderem, so Fest, weil Sie in Weekend-Suite II nicht mehr länger hinnehmbar waren. Weil die Wut mancher Trainees nicht mehr weiter aufzuhalten war. Weil Trainees sich fragten: Was ist mit Weekend-Suite II? Sperrzimmer. Zugang verboten. Schon seit Wochen besetzt. Was soll das? Was heißt das? Besetzt. Luxusarrest einer Einzigen. Denkt nicht daran, sich zu bewerben, und residiert in Weekend-Suite II. In frisch bezogener Bettwäsche. Bei vollen Rationen. Wie oft hatte ich Paare abweisen müssen, weil Weekend-Suite II … nicht zur Verfügung stand. Und selbst wenn dafür Weekend-Suite I bereit war, so blieb immer noch die Stille, die von der anderen Suite ausging, wenn sich nebenan ein Paar vergnügen wollte. Eine Stille, von der man nicht wusste, ob sie indigniert zuhörte oder sich gelangweilt abwandte … Was für eine Arroganz. Eine Stille, auf die man hätte eindreschen können: Fuck off! Mit jedem einzelnen Buchstaben des Wortes …

Waren Sie eigentlich in Bergmann verliebt?

Wenn Ihnen nicht wohl ist, Sie können jederzeit das Solarium benutzen. Ein wenig Gesichtsfarbe könnte Ihnen nicht schaden. Oder sich im Fitnessraum nützlich machen. Nützlich machen … 15 Kilometer auf dem Fahrradergometer, und man kommt auf andere Gedanken. Ein Berg zum Frühstück oder zum Abend bei 180 Watt. Col de la Schlucht, Plateau de Beille, Mont Ventoux … Würden zehn Trainees zu jeder Tagzeit bei 180 Watt ein Ergometer betätigen, dann wäre dies der Strom für ganz Sphericon. An der Technik wird gearbeitet. Zumindest in Planspielen. Auch an einem pädagogischen Konzept. Ein Konzept energetischer Sanktionierung. Für jede Fehlleistung wird ein Trainee mit einer entsprechenden Wattzahl sanktioniert. Zehn Sprachfehler einer englischen Bewerbung = zehn Minuten bei 100 Watt auf dem Ergometer. Bei steigenden Leistungsanforderungen … Eine fortwährende energetische Steigerung auf allen Ebenen … Höhere schulische Leistungsanforderungen = höhere körperliche Bestrafungs- und Belastungsmöglichkeiten. Leistungsdruck bedeutet Fehlerdruck bedeutet Sanktionierung bei steigender Wattzahl = Energie. In sämtlichen Bereichen … Ein energetischer Kreislauf auf immer höherem Niveau. Geistiges Niveau, körperliches Niveau, Energieertragsniveau …

Das Bild eines Blitzbesuches der Bundesagentur, das Fest in der Dunkelheit des Raumes zeichnete: Groener und Noske kommen … Persönlich … Mit dem Hubschrauber … Unangemeldet … Wir haben nichts zu verbergen … Im Gegenteil … Wir wollen alles offen legen … Alles … Noske und Groener werden durch den Schulbetrieb geführt … Sie sind sichtlich beeindruckt … Selbst Noske … Von der Intensität des Unterrichts … Von dem Bewerbungspunch der Lebensläufe … Das Telefontraining … Autobiografisches Arbeiten … Alle Computerarbeitsplätze sind besetzt … Alles zur Zufriedenheit der Bundesagentur … Und wie zufällig führt man sie hinunter in den Fitnessraum … Als Zugabe im Vorbeigehen … Man zeigt auf die Ergometer … Auf denen Trainees pedalieren …

Schweißüberströmt … Und man erklärt Groener und Noske mit der größten Beiläufigkeit: Der Strom der ganzen Schule kommt aus diesen Rädern … Straffahrten bei 180 Watt … Noske schaut auf und macht sich eine Notiz …

Und dies ist nur der Anfang … Die Energiegewinnung ließe sich laufend steigern … Nicht nur hier, an dieser Schule … Auch überall sonst … Acht Millionen Arbeitslose … Acht Millionen … Irgendwann keine Unzahl, keine Schreckenszahl mehr … Sondern eine Energiezahl … Acht Millionen mal 180 Watt … Rechnen Sie es aus … Rechnen Sie … Regimenter der Ergometer in gewaltigen Hallen … Computerdisplays simulieren Berge … Die Alpen … Die Pyrenäen … Simulierte Wettfahrten gegen imaginäre Gegner … Oder gegen andere miteinander vernetzte Ergometer … Alles eine Frage der Organisation, der Motivation und der Energetik … Alles Leben ist Energetik …

Am nächsten Morgen sprach Fest in einem anderen Ton. Noch zehn Tage. Zehn Tage bis zur Graduation … Grädjuäschen … Er sprach es auf Englisch … Die Zeugnisse … Das Ende des Trimesters … Urlaub … Endlich Urlaub … Er werde die Trainees vermissen … Er werde sogar sie vermissen … Man kann gar nicht anders, als seine Trainees vermissen. Ich liebe euch doch alle. Trotz allem … *Take me … Take me all … All I am … All I will … Be … The right one … The bright one … I am … All what I am … More what I am … In my prime … My prime time … My prime high life time … Take me … Take me all … Take me home …*

Karla träumte: Mit Fußtritten treibe man sie Korridore

entlang, in eine riesige Halle, die von gewaltigen Apparaturen überragt wird, altarartige Transformatoren, und vor diesen Transformatoren stehen, wie endlose Reihengräber, Ergometer neben Ergometer, so weit das Auge reicht. Stundenlang wird sie an den Ergometern vorbeigeführt. Sie stehen Reihe hinter Reihe in akribischen Linien aufgestellt, in der Endlosigkeit einer Armee. Eine Sitzarmee pedalierender Stromsoldaten in steigendem Marschtempo. Sie sitzen in starrer Haltung, nur die Beine bewegen sich. Über Lautsprecher werden Wattzahlen durchgegeben: 160 Watt, 170 Watt, 180 Watt. Karla kann kaum mehr laufen, so weit ist der Weg, den sie zu gehen hat, zu dem letzten freien Ergometer, auf das sie gesetzt wird. Ihre Füße werden in Riemen geschnallt – dann beginnt auch sie zu pedalieren.

Der Hausmeister, der ihr Wasser brachte, sprach ihr beruhigend zu. Sie hatte geweint. Er reichte ihr ein Taschentuch und erzählte von Afrika. Dem Süden, der Sonne, dem Meer. Sein Onkel sei einmal in Afrika gewesen, in El Alamein. Später sprach auch Fest von Afrika. Was sie von Sierra Leone halte? Ob ihr ein solches Land gefallen würde? Oder eher Mauretanien? Oder Madagaskar? Dann sagte er: Die Wut mancher Trainees – übertrieben – sogar grausam – aber verständlich … Eine Wut gegen den Spott … Gegen den Spott ihresgleichen … Der Universalspott jener, die aufgehört haben zu glauben … Aufgehört haben sich zu bemühen … Jeder Fußtritt gegen ihre Tür sei verständlich, sogar notwendig: Schritt für Schritt zur Tür, Fußtritt, *Job Attack*, Schritt für Schritt zurück … Er drehte sich um und sagte: Menschen in ihrem Misslingen die notwendigen Schmerzen nicht ersparen zu können, ist unsere Aufgabe …

Und selbst wenn dieses Land alles Geld der Welt hätte, würde sich an der Behandlung Arbeitsloser nichts ändern – so Fest. Man würde mit allen Mitteln dafür sorgen, dass sie sich mit ihrer Lage niemals anfreunden könnten, nicht einmal ansatzweise. Man würde auf der Realität ihrer Lage insistieren, ohne Wenn und Aber: dass sie arbeitslos sind und nichts sonst und dass Arbeitslosigkeit unhinnehmbar ist, widernatürlich, unsozial und unmenschlich. Arbeitslos bleibt arbeitslos. Kein anderes Wort ist hier erlaubt, außer arbeitslos! Nicht lesen, nicht träumen, nicht sprechen – sondern arbeitslos. Nicht spazieren gehen oder Bäume anschauen oder Blumen pflücken – sondern arbeitslos. Kein Weiterleben oder Neuleben, sondern arbeits-los: Das ist ein Mensch, dem alles Wesentliche fehlt. Wie ein Mensch ohne Fuß, ohne Augen, ohne Kopf. Ohne Freunde, ohne Herz und Verstand. Und selbst wenn er das nicht glaubt oder nicht weiß, so werden wir ihn daran erinnern, was er ist: arbeitslos. Und was das bedeutet. Auch dann, wenn es keine Arbeit mehr gibt. Es wird Arbeit geben. Und wenn man sie erfinden muss. Wir werden sie erfinden! Maschinen werden sie simulieren. Maschinen werden Maschinen bauen, die nicht mehr Arbeit geben oder nehmen, sondern Arbeit simulieren, in dreidimensionalen Animationen – nicht nur visuell, sondern auch akustisch, gustatorisch, olfaktorisch … Fabrikarbeit, Büroarbeit, pädagogische Arbeit, Verwaltungsarbeit, Polizeiarbeit, Verfolgungsarbeit … etc., Arbeit. Nicht irgendwelche trippelhaften Launen, fixe Ideen oder Vorlieben, sondern Arbeit. Es gibt keine gebratenen Tauben, die einem in den Mund fliegen, aber Arbeit. Arbeit bleibt Arbeit. Keine Freiheit, keine Menschwürde, keine Gemeinschaft, kein gar nichts ohne Arbeit. Wer nicht arbeitet, soll nicht essen. Wir insistieren darauf. Wir insistieren darauf mit allen Mitteln. Bis zur letzten Konsequenz. So wie wir auf dem Wort arbeits-los insistieren. In aller Offenheit und Negativität. Mit allen Folgen … Und wenn es keine Arbeitslosen gäbe, man würde sie erfinden, allein um den Wert der Arbeit zu heben. Um diesen Wert wachzurütteln und hochzupeitschen. Als Erinnerung, was man wird, wenn man seine Arbeit verliert: arbeitslos, haltlos, rechtfertigungslos … Verstehen Sie. Rechtfertigungslos.

./.

Der letzte Tag des Trimesters. Graduation. Grädjuäschen. Die Verabschiedung der Trainees. Die Verleihung der Abschlusszeugnisse. Die Feierlichkeiten finden in der Schulhalle statt. Die Halle ist bereits gefüllt. Die Trainees sitzen auf Plastikstühlen und warten auf den Beginn der Zeremonie. Ihr Gepäck befindet sich auf einem Haufen im Eingangsbereich der Schule. Sie haben frühmorgens gepackt und die Schlafräume geräumt – in alphabetischer

Reihenfolge: von APOLLO bis TAYLOR. Die Lautsprecher spielen Weihnachtsmusik.

Unter den Trainees herrscht Ferienstimmung. Man hört es an ihren Stimmen. Sie wirken lebendiger und melodischer als sonst. Man sieht es an ihren Blicken, an ihren Bewegungen, an ihrer ganzen Art. Ein Gefühl der Erleichterung, dass es endlich vorbei ist. Wie schlimm es auch gewesen sein mag, vieles erscheint nun versöhnlicher, allein dadurch, dass es vorbei ist. Die Versöhnlichkeit regt sogar ein Gefühl vager Wehmut. Ob man will oder nicht. Wehmut des nun Vergangenen. Auch Erinnerungen an Weekend-Suite I und Weekend-Suite II. Und ein wenig Stolz. Stolz, es bis hierher gebracht, das heißt ausgehalten zu haben. Ein Trimester in SPHERICON geht schon allein deshalb zu Ende, um derartige Gefühle hervorzurufen.

Auch Karla sitzt in der Schulhalle. Sie sitzt ein wenig abseits, aber nicht völlig abseits – in der Nähe der Vertreter der Bundesagentur, die sich eingefunden haben, um der Zeremonie beizuwohnen und die Trainees abzuholen. Sie tragen ihre weiß-blaue Dienstkleidung, *smart-casual*, wie auf der Hinreise. Es sind andere Begleiter als auf der Hinfahrt, doch sie tragen dieselben Kleider und haben denselben Gesichtsausdruck, unbeteiligt-sachlich, nur dass sie ein wenig freundlicher wirken. Vielleicht in Anerkennung des zurückliegenden Trimesters. Ihre Kleidung erinnert in der Tat ein wenig an die Kleidung von Flugbegleitern. Nicht zuletzt deshalb empfinden manche Trainees so etwas wie Ferienstimmung. Die Busse der Bundesagentur stehen bereits auf dem Schulhof. Als die ersten Busse einfuhren, glaubten selbst Skeptiker daran, dass sie nun nach Hause kommen. Als ob das Trimester nie zu Ende gehen würde – und dann eines Tages doch zu Ende geht – wie wenn ein Versprechen, von dem man nicht ernsthaft glaubt, dass es je eingelöst werde, mit der größten Selbstverständlichkeit dann doch eingelöst wird – auch das ist SPHERICON.

Auch Karlas Tasche befindet sich auf dem Haufen am Schuleingang. Sie darf die Schule verlassen, wie alle anderen auch, so als wäre nichts geschehen. Sogar mit Zeugnis. Mit einigen Vermerken, vielleicht, doch weniger schlimm als zu erwarten. Sie wird von den anderen Trainees kaum beachtet. Die Vertreter der Bundesagentur sitzen in Karlas Nähe. Ihr Gesicht hat ein wenig Farbe bekommen.

Mit einer leichten Musik tritt von Benkdorff auf die Bühne. Er trägt Uniform, weiße Hose und einen dunkelblauen Blazer. Gefolgt von dem Trainerstab, ebenfalls in Schuluniform. Der Trainerstab setzt sich. Von Benkdorff steht am Rednerpult: Er begrüßt die Trainer, er begrüßt die Vertreter der Bundesagentur, er begrüßt die Trainees. Er hält sich kurz, bedankt sich, lobt und resümiert – blickt auf das vergangene Trimester zurück: ein hartes Trimester, ein verlangendes Trimester, doch am Ende ein erfolgreiches Trimester. Mit weniger würde sich SPHERICON nicht zufrieden geben. Jede Minute SPHERICONS heißt: Weiter machen. Es besser machen. Und noch besser. Und noch einmal besser … Er spricht von den Zeugnissen, die er jetzt überreichen wird: *Certificate of Professional Application* –

Zeugnis professionalisierter Bewerbung, der Nachweis umfassender Bewerbungsfähigkeiten. Staatlich anerkannt. Die Trainees sind von nun an keine Trainees mehr, sondern Absolventen herausragender Fertigkeiten. Wenn man will, Bewerbungsprofis. Gereifte und weiterentwickelte Menschen: stabilisiert, euphorisiert, flexibilisiert. Was immer auch geschehen mag.

Die Verleihungszeremonie findet nach amerikanischem Ritus statt – Harvard-Standard. In alphabetischer Reihenfolge werden die Trainer der einzelnen Teams zum Rednerpult gebeten. Fest ist der Erste. Er schreitet zu von Benkdorff. Seine Worte bitten um Einlass. Als ob er feierlich gegen eine imaginäre Türe sprechen würde, die sich öffnen sollte. Er spricht auf Englisch: »The captain of APOLLO requests the honour to confer upon our trainees the Certificate of Professional Application, CPA, with all rights and duties …« Dann auf Deutsch: »Ich bitte um die Ehre, unseren Trainees das Certificate of Professional Application, CPA, zu verleihen mit allen Rechten und Pflichten …« Als ob der Schulleiter die Anfrage ernsthaft durchdenken würde, nickt er schließlich und öffnet ein cremefarbenes Kuvert mit den Zeugnissen. Er bittet die Trainees von APOLLO auf die Bühne. Sie stellen sich in einem Halbkreis auf. Er verliest in alphabetischer Reihenfolge die Namen, bittet den ersten Namen zu sich, überreicht Fest das Zeugnis, der es wiederum an den Trainee weitergibt – mit einem Händedruck und einigen leisen Worten. Währenddessen ertönt Musik aus den Lautsprechern der Halle. Nicht die Erlösungsmelodie von ›Job Quest‹, doch eine ähnliche

Melodie, nur stiller und besinnlicher. Trotzdem sind manche Trainees ernsthaft bewegt. Nicht nur die Trainees auf der Bühne, sondern auch die im Auditorium. Sie applaudieren. *Certificate of Professional Application*, CPA. Sie haben von dem Abschluss während des Trimesters andeutungsweise gehört, doch nicht wirklich daran geglaubt, dass sie tatsächlich am Ende einen solchen Abschluss bekommen würden. CPA. Sie sprechen einander diese Buchstaben zu. Oder lassen sich die Buchstaben in stillen Lippenbewegungen munden. CPA. Manchen Ohren klingen diese Buchstaben bereits geläufig. CPA. Was denn sonst, CPA. Wie M.A. Keine Schule ohne irgendein Zeugnis. Und so wird Team für Team auf die Bühne gerufen. Alle Trainees bekommen – in derselben Zeremonie – ihr CPA – unter dem Applaus des Auditoriums. Auch die Vertreter der Bundesagentur klatschen. Sie sind, wenn schon nicht bewegt, so doch angetan: von der Würde der zweisprachigen Zeremonie sowie von dem Zeugnis als solchem. CPA. Nachweis außerordentlicher Bewerbungsfähigkeiten. In Theorie und Praxis. Eine Bewerbungselite. Was immer auch geschehen mag, keiner dieser Absolventen braucht je wieder Hilfe bei irgendeiner Bewerbung.

Einen Moment lang standen Karla Meier und Roland Bergmann nebeneinander, auf der Bühne, bei der Verleihung der Zeugnisse. Dann trennten sich ihre Wege.

Alle Zeugnisse sind übergeben. Der Applaus aus dem Auditorium ist verstummt. Von Benkdorff räuspert sich. Er nähert sich dem Höhepunkt der Feierlichkeiten: die Stelle. Seit Tagen – seit dem letzten Samstag – ist bekannt, wer die

Stelle bekommen wird: Frommer. Wer sonst, wenn nicht Frommer. Sein Auftritt am Samstag war überwältigend. Wie auch das Votum der Halle und der Schulleitung. Wenn nicht Frommer, wer dann. Von Benkdorff greift nach einem weiteren, schweren Kuvert: die Stelle. Stelle eines Trainees in SPHERICON. Finanziert von der Bundesagentur für Arbeit. Von Benkdorff blickt zu den Vertretern der Bundesagentur und bedankt sich. Die Stelle. Noch nie in der Geschichte SPHERICONS habe man Trainees die Möglichkeiten bieten können, sich um eine wirkliche Stelle zu bewerben, hier, direkt vor Ort, auf dem Campus von SPHERICON. Ein pädagogischer Glücksfall. Die Bewerbung nicht mehr nur als Planspiel, sondern als Ernstfall – im Hier und Jetzt. Den Trainees die Möglichkeit zu bieten, Gelerntes anzuwenden und umzusetzen, ja, in kürzester Zeit von einem Trainee in den Rang eines Trainers aufzusteigen, der das soeben Erlernte künftigen Trainees weitergeben kann. Nach allen Regeln habe man die Stelle ausgeschrieben. Und nach allen Regeln hätten die Trainees sich darum beworben. Mit allen Mitteln moderner Bewerbung: sprachlich, psychologisch, literarisch, grafisch, akustisch … Das allgemeine Bewerbungsniveau sei beeindruckend gewesen. Jede einzelne Bewerbung habe man der strengsten Überprüfung unterworfen. Nur die allerüberzeugendsten Bewerber seien für die Vorstellungsgespräche ausgewählt worden. Man habe den Bewerbern hier alles abverlangt. Sie auf Herz und Nieren geprüft. Wie auch auf Witz und Schlagfertigkeit. Und andere Fertigkeiten. Die Fähigkeit öffentlich aufzutreten. In einem Kreuzverhör jagender

Fragen zu bestehen. Musische Fähigkeiten. Rhetorische Fähigkeiten. Hypnotische Fähigkeiten. Durchhaltevermögen. Zähigkeit. Durchschlagskraft. Willenskraft. Flexibilität. Toleranz. Auch Frustrationstoleranz. Und all das nicht nur bei einer einzigen Gelegenheit, sondern bei vielen Gelegenheiten, in einer ganzen Serie von Auftritten, in einem Trommelfeuer der Öffentlichkeit, der Hindernisse und der Einwände; in einem zermürbenden Auswahlverfahren, in dem nur ein Bewerber übrig blieb. Ein Bewerber. Eine solche Stelle könne man nicht an einem Abend gewinnen, jedoch an einem Abend verlieren. Er wage zu behaupten: Nirgendwo in diesem Land sei eine Stelle in solcher Strenge, in solcher Reinheit und Vollkommenheit vergeben worden. Es gebe kaum ein höheres Maß an Auswahl, an Richtigkeit und an Begründung ... Er öffnet den Umschlag ... Er entfaltet ein Blatt ... Fast flüsternd spricht er die Worte: »Ich bitte Gerd Frommer nach oben.« Der Applaus der Halle vermischt sich mit den Klängen des Frommerliedes: *Take me ... Take me all ...* Frommer steht auf und geht auf die Bühne. Von Benkdorff empfängt ihn in überschwänglicher Freundlichkeit. Er drückt Frommers Hand, erst mit einer Hand, dann mit beiden Händen. Die Trainer auf der Bühne erheben sich und applaudieren ebenfalls. Von Benkdorff tritt zur Seite, so als wollte er Frommer noch deutlicher in den Mittelpunkt schieben. Auch für die Vertreter der Bundesagentur. Da ist er, Gerd Frommer. Unser bester Trainee und neuer Trainer. Kein Mensch weit und breit kann mit mehr Recht eine Stelle antreten als dieser Gerd Frommer. Criens,

Heißmeyer, Frommer. Für einen Moment wirkt Frommer ein wenig steif und verlegen. Er weiß nicht, wohin er sich bewegen soll. Seine Hand vermisst das Mikrofon früherer Bühnenauftritte. Er winkt ins Auditorium. Einzelne weibliche Trainees im Auditorium stehen auf und rufen seinen Namen. Vergiss mich nicht! In solch flehentlicher Art rufen sie seinen Namen. *Take me … Take me all … Take me home …* Von Benkdorff überreicht ihm die Ernennungsurkunde, den Arbeitsvertrag, die neue Sozialversicherungskarte. Er bedeutet ihm, sich zu setzen, neben die anderen Trainer seines Trainerstabes. Sie grüßen ihn mit Blicken und kleinen Gesten. Der neue Trainer Frommer. Er wird – wie die anderen Trainer auch – auf dem Campus wohnen. Er wird sein eigenes Bewerberteam bekommen. Ein Team, das im nächsten Trimester zusammengestellt wird. Er solle sich einen Namen für sein Team überlegen, sagte ihm von Benkdorff schon heute Morgen. Jupiter, Sapiens, oder Beckham … Dies nur Vorschläge. Auf Frommers Schoß liegen all die Papiere. Er fasst nach der Sozialversicherungskarte. Schon bei der ersten Berührung spürt er ihre Kostbarkeit. Nicht mehr der frühere, dünnpappige Sozialversicherungsausweis, sondern eine richtige Karte, eine Scheckkarte, mit eingeschweißtem Foto und Fingerabdruck. Unabweisbarer noch als die Kostbarkeit einer Master oder American Express Card. Von Benkdorff steht wieder am Rednerpult: Er bedankt sich. Bei den Trainern wie den Trainees. Er freut sich. Auf das kommende Trimester und auf die bevorstehenden Trimesterferien. Die Sonne, das Meer, der Süden. Noch nebenbei gibt er bekannt, dass der Zweitplatzierte des Bewerbungsverfahrens, Roland Bergmann, der Frommer Unterlegene, trotz allem ein hervorragender Bewerber, der allen Respekt verdiene, dass Roland Bergmann nach Rücksprache mit dem Kollegium sowie mit der Bundesagentur ebenfalls eine Stelle bekommen werde, leider keine Trainerstelle, hierfür fehlten die Mittel, doch immerhin eine Stelle im technischen Bereich von SPHERICON, eine Art Hausmeisterstelle mit erweiterten Kompetenzen. Doch dies nur nebenbei, ohne Roland Bergmann auf die Bühne zu bitten. Die Trainees applaudieren. Der Form halber. In Gedanken sind sie bereits bei ihrem Gepäck, bei den Bussen, bei der Rückreise, bei ihren Familien und Freunden … Von Benkdorff blickt ins Auditorium. Wie zum Abschied sagt er: Jeder Trainee habe im vergangenen Trimester Außergewöhnliches geleistet. Jeder könne stolz auf sich sein. Jeder habe auf seine Weise eine Stelle verdient … Die Bundesagentur werde dies in Rechnung stellen … Was immer auch geschehen möge … Sie werde die hier Anwesenden nicht einfach in ihre alte Lage entlassen … So als ob nichts geschehen wäre … Als ob SPHERICON nie gewesen wäre … Das werde sie nicht tun … Er habe mit der Bundesagentur mehrere Telefonate geführt … Erfreuliche Telefonate … Er blickt zu den Vertretern der Bundesagentur … Eine Vertreterin steht bereits neben ihm, bedankt sich und greift nach dem Mikrofon: Einige organisatorische Mitteilungen. Zunächst die Bitte, die Schule zügig und geordnet zu verlassen. Unmittelbar nach Abschluss der Zeremonie. Gepäck nicht vergessen. Im Hof Aufstellung nehmen. Trainees werden dort namentlich aufgerufen und auf die Busse verteilt. Bitte keine langen Abschiede. Ausweise und Papiere der Trainees wurden bereits von einer Kollegin im Sekretariat entgegengenommen. Alles Weitere erfolgt im Bus.

Die Trainees stehen auf. Reihe für Reihe. Sie folgen den Anweisungen der Vertreter der Bundesagentur. Mit der Bitte um Beeilung. Gerne, liebend gerne – so die Blicke der Trainees. Von Benkdorff steht noch am Rednerpult. Als wäre er mit seiner Rede noch gar nicht fertig. Er winkt den Trainees nach. Ohne weiter beachtet zu werden. Hinter ihm sitzt sein Trainerstab. Frommer hält mit beiden Händen seine Arbeitspapiere, wie ein menschliches Bündel. Das Auditorium ist fast leer. In der Eingangshalle greifen die Trainees nach ihrem Gepäck. Manche Hände berühren sich, wie zum Abschied. Koffer an Koffer. Tasche über Tasche. Ein wenig erinnert dies an einen Flughafen. Nur ein wenig. Draußen im Hof werden bereits die ersten Namen verlesen – und auf Busse verteilt. Die Ladeluken der Busse stehen offen. Mit Stangen schieben die Busfahrer die Gepäckstücke tief ins Innere der Busse. Die Busfahrer sind weniger unwirsch als bei der Hinfahrt. Eher nüchtern und sachlich. Wie wenn sie ihre Passagiere nun mit anderen Augen sehen würden. Absolventen SPHERICONS. CPA. Manche Trainees sprechen den Titel ihres Zeugnisses vor sich her. Es werden weitere Namen verlesen, nicht alphabetisch, nicht nach Wohnorten geordnet, auch nicht nach der bisherigen Zugehörigkeit zu den Bewerberteams, sondern nach einem anderen, neuen System. Die Trainees besteigen die Busse. SPHERICON liegt bereits hinter ihnen.

Apollo ist nicht mehr Apollo, Parsons ist nicht mehr Parsons und Hartz nicht mehr Hartz. Keine langen Abschiede, mahnen die Vertreter der Bundesagentur. Die Motoren der Busse laufen bereits. Keine Abschiede! Sie sind überflüssig und auch unnötig. Die Begleiter der Bundesagentur besteigen jetzt die Busse. Nur der Hausmeister steht noch im Schulhof, in seinem Arbeitskittel aus früheren Zeiten – denkt Karla. Im Geiste winkt sie ihm nach.

Zwei Begleiterinnen der Bundesagentur sind in Karlas Bus. Sie verteilen Lunchpakete. Die Trainees sitzen zufrieden, manche sogar ausgelassen. Die Blicke von der Straße nehmen sie aufrecht sitzend entgegen. Einige Trainees winken sogar nach draußen. Bald sind sie auf der Autobahn. Die Busse der Bundesagentur fahren hintereinander, wie ein Konvoi. Weitere Busse aus anderen Schulen scheinen hinzugekommen zu sein. Derart lang wirkt der Konvoi. Abschreckend und zugleich beeindruckend. Von gebannten Blicken überholt. Die Trainees winken – als sie durch die Fenster eines überholenden Reisebusses fotografiert werden. Und man winkt ihnen zurück. Die Begleiterinnen der Bundesagentur sitzen vorne, neben dem Busfahrer, über Namenslisten gebeugt, sortieren Formulare, Personalausweise und Papiere. Karla schaut ihnen eine Weile zu, dann blickt sie aus dem Fenster. Später hört sie die Stimme der einen Begleiterin über Lautsprecher. Sie bittet um Aufmerksamkeit: für einige Ankündigungen und Informationen … Karlas Blick fliegt über Bäume und Gebüsch und Häuser. Wie lange sah sie keine Häuser mehr. Ihre

Augen heften sich an Schilder, die auf Sehenswürdigkeiten verweisen: Berge, Schlösser, Brunnen … Sehenswürdigkeiten, die nicht zu sehen sind, doch immerhin genannt werden. Jede Wiese, jeder Baum, die ganze Fahrt ist für Karla eine durchgehende Sehenswürdigkeit. *Wir bitten um Aufmerksamkeit für einige Ankündigungen und Informationen …* Karla hört nicht wirklich zu. Ihre Aufmerksamkeit gilt einem vorbeifließenden Fluss … Die Bundesagentur dankt. Die Bundesagentur ist stolz. Die Bundesagentur gibt bekannt … Sie hört die Ansage nur als Hintergrund. Wie die Ansage an einem entfernten Gleis auf einem Bahnhof, ein Gleis, an dem man gar nicht steht und das einen nichts angeht … Die Bundesagentur gibt bekannt: Sonderurlaub für alle Trainees. Über Weihnachten und Weihnachten hinaus. In Anerkennung der Leistungen der vergangenen Monate. Als Ermutigung und Aufmunterung … Teil eines neuartigen Projekts … Projekt der Bundesagentur … Umrisshaft erlebt Karla das Erstaunen der anderen … Sogar einzelne Freudenlaute … Nicht Mallorca, nicht die Kanarischen Inseln, sondern Afrika … Freetown, Sierra Leone, Afrika. Abflug um 15 Uhr in Frankfurt … Alles bereits arrangiert: Flug, Transfers, Unterbringung … Beach Camps der Bundesagentur direkt am Atlantischen Ozean. Wassertemperaturen über 20 Grad. Lufttemperatur … All dies im Nieselregen einer deutschen Autobahn … Der Sierra Leone River. Die Sierra Leone-Halbinsel. Der King-Jimmy Markt … Alles Sehenswürdigkeiten. Orte wie John Obey, Kent, Tumbu. Im Süden die Banana Islands. Im Osten Sümpfe … Amtssprache Englisch … Währung:

1 Leone = 100 Cents … Die Begleiterin der Bundesagentur bittet um Ruhe: Keine Impfung. Kein Visum. Kein Reisepass. Keine Kosten … Sommerkleider werden bei der Ankunft ausgegeben. Badekleider ebenfalls … Einige Trainees telefonieren. Per Handy berichten sie Freunden und Angehörigen: Afrika. Nicht Mallorca, nicht die Kanarischen Inseln, sondern Afrika … Bilder von kilometerlangen Stränden und sonnenbadenden Paaren … Im Schutz der Dünen … Oder in tiefer Umarmung in der Brandung des Ozeans … Ein nicht endendes Weekendsuite unter freiem Himmel … Nach all den Monaten … Im Gepäck das *Certificate of Professional Application.* Wie bitte? *Certificate of Professional Application*, erklärt ein Trainee in sein Handy. Eigentlich wollte er erst Weihnachten davon sprechen. Nun erzählt er es an Ort und Stelle …

Auf den Pullover eines Trainees ist ein Weihnachtsbaum gestickt. Mit brennenden Kerzen. Noch vor Minuten trug er den Baum in lächelnder Unbekümmertheit – nach Hause. Endlich nach Hause. Das Trimester wird nie zu Ende gehen. Das ganze Trimester hindurch war er sich sicher gewesen: Das Trimester wird nie zu Ende gehen. Es wird immer weiter und weitergehen. Nun ist es doch zu Ende gegangen … Er versucht mit seinem Handy seine Familie zu erreichen. Der Akku des Handys ist fast leer. Auf der Anzeige blinkt ein Warnzeichen. Mit letztem Strom wählt er die Nummer seiner Eltern, wieder und wieder – bekommt kein Freizeichen. Nur die Worte: *Kein Anschluss unter dieser Nummer.* Dann geht das Gerät aus. Er geht nach vorne zu den Begleiterinnen der Bundesagentur, fragt ob er sein Handy aufladen darf. Die Begleiterinnen sagen, dies sei nicht möglich. Es gibt keine freie Steckdose. Er soll sich wieder setzen. Augenzwinkernd bedeuten sie einander den gestickten Weihnachtsbaum auf seinem Pullover. Er geht wieder an seinen Platz zurück, in Selbstgesprächen: Nur eine Steckdose. Ein bisschen Strom. Für ein einziges Gespräch. Nach Hause. Zu seinen Eltern. Er haucht das Handy an. Er reibt es unter seinem Pullover. Wie um es zu reanimieren. Er geht wieder nach vorne, zu den Begleiterinnen der Bundesagentur: Nur ein bisschen Strom. Für ein, zwei Minuten. Um mit den Eltern zu telefonieren. Nur das! Um Bescheid zu geben. Die Begleiterinnen der Bundesagentur antworten: Er könne auch später Bescheid geben. Vom Flughafen aus. Er geht wieder zurück. Vor und wieder zurück … Der Panik nahe: Warum jetzt plötzlich Afrika?! Was soll ich in Afrika?! Ich will nicht nach Afrika! Er geht wieder nach vorne, Richtung Busfahrer, greift nach dem Busfahrer: »Es ist doch Weihnachten! Verstehen Sie, Weihnachten! Ich will aussteigen! Bitte lassen Sie mich aussteigen!« Ein anderer Trainee zerrt ihn zurück. Eine der Begleiterinnen der Bundesagentur kommt hinzu: »Sie können jetzt nicht aussteigen! Später können Sie aussteigen. Am Flughafen können Sie aussteigen.« – »Hörst du«, sagt der andere Trainee: »am Flughafen kannst du aussteigen …« Er versucht ihn zu setzen, doch er ist nicht mehr zu beruhigen: »Ich will in kein Camp! Kein Camp! Auch kein Beach Camp! Ich will nach Hause! Und telefonieren! Auf der Stelle telefonieren …« Er schreit dies durch den ganzen Bus … Der Trainee, der ihn zu beruhigen versucht, dreht sich um: »Gib ihm jemand ein Handy! Verdammt noch mal ein Handy. Damit er endlich telefonieren kann …« Jemand reicht ein Handy: »Hier, ein Handy. Siehst du ein Handy. Setz dich und nimm das Handy! Nimm endlich das Handy!« Er setzt sich und nimmt das Handy. Wortlos und mit gesenktem Kopf. Wählt die Nummer seiner Eltern. Spricht kaum hörbar: Afrika. Noch heute. So als bestünde kein Zweifel, dass er dort hingehen würde, zusammen mit den anderen Trainees, die ebenfalls dorthin gehen.

Sie nähern sich dem Flughafen. Er leuchtet in hellen Farben. Seine Schilder zeigen in unabweisbarer Eindringlichkeit und Deutlichkeit: Terminal I und Terminal II. Lufthansa Cargo. Man sieht die ersten Flugzeuge. Sie stehen gelangweilt auf dem Rollfeld. Deutliche Zeichen – Zeichen des Aufbruchs, des Himmels, der Sonne, eines langen Fluges. Zeichen der Wirklichkeit von all dem. Einer Wirklichkeit wie im Traum, aber in leuchtenden Farben. Flughafenfarben. Sonnenmilchfarben. Und sie fahren nicht alleine. Vor ihnen fahren Busse der Bundesagentur. Hinter ihnen fahren Busse der Bundesagentur. Ein Konvoi unübersehbarer Deutlichkeit. Und unbestreitbarer Verlässlichkeit, auch Vertrauenswürdigkeit. Die Blicke mancher Trainees zeugen sogar von Reisefieber. Wer würde hier kein Reisefieber bekommen? Wenigstens ein bisschen. Einige Trainees unterhalten sich über das Surfen. Oder wollen vor dem Abflug noch zollfrei einkaufen. Die Lautsprecher der Busse spielen Musik. Die Begleiterinnen der Bundesagentur sind ganz ruhig, als wäre der schlimmste Teil der Reise geschafft. Die Busse fahren abrupt nach links, nicht zu den Terminals, sondern zwischen den Terminals hindurch, durch ein mit Stacheldraht gesichertes Tor, direkt auf das Rollfeld. In einiger Entfernung sieht man eine Gruppe abseits geparkter Flugzeuge, auf die sie zufahren – an den Flughafengebäuden entlang. Sie werden von Polizeiautos mit Blaulicht begleitet. Links und rechts. Wie zum Geleit. Auf einer Aussichtsterrasse winken Menschen. Die Begleiterinnen der Bundesagentur erklären über Buslautsprecher: Keine Abfertigung im Flughafengebäude. Gepäck direkt von den Bussen in die Flugzeuge. Zollfreier Einkauf nicht möglich. Keine Flugtickets. Keine reservierten Plätze … Karla hört Worte wie: Sonderflug … Sonderstatus … Sonderpassagiere … Die Polizeiautos geleiten die Busse kreisförmig um die abseits gestellten Flugzeuge herum. Sie stehen am Ende des Rollfeldes. Keine ungewöhnlichen Flugzeuge. Weder besonders alt noch neu. Airbusse. A330er. Ein Trainee weiß genau Bescheid, ist über Reichweite (über 10 000 Kilometer) und Fassungsvermögen (335 Passagiere) bestens informiert. Die Flugzeuge werden von Rolls-Royce-Turbinen angetrieben. Er erklärt dies voll kindlicher Begeisterung. Unter dem Logo der Fluglinie sieht man in kleineren Buchstaben: *In Cooperation with the Bundesagentur für Arbeit.* Je fünf Busse halten vor jedem Flugzeug: Bitte sitzen bleiben, rufen die Begleiterinnen über Lautsprecher. Bitte sitzen bleiben! Nur mit Mühe können sie die Trainees auf ihren Sitzen halten. Die Busse werden hintereinander stehend der Reihe nach entladen, erst das Gepäck, das von Flughafenmitarbeitern auf einen Wagen geworfen wird, dann die Businsassen. Die ersten Trainees gehen (manche winkend) über das Rollfeld zu den Flugzeugen. Ein wenig scheint sogar die Sonne. Vom Inneren des Busses aus sieht Karla ihre Tasche auf den Gepäckwagen fliegen. Dann steht sie auf, als eine der Letzten. Vor ihr geht der Trainee mit dem gestickten Weihnachtsbaum auf dem Pullover. Er ist nun ganz ruhig. Sie werden von den Begleiterinnen der Bundesagentur verabschiedet. So wie sie die anderen Trainees auch verabschiedet haben, aufmunternd lächelnd: Sie wünschen einen guten Flug. Sie fliegen nicht mit. Sie bleiben. Mit ihren Augen durchkämmen sie bereits den Bus: Ob jemand etwas vergessen hat. Oder gar zurückgeblieben ist.

Karla steht auf dem Rollfeld. Sie überlegt sich, ob sie den Begleiterinnen der Bundesagentur sagen soll: Dass sie möglicherweise gar nicht mitfliegen darf. Oder mitfliegen soll. Für das Camp überhaupt nicht vorgesehen ist. Wegen disziplinarischer Vergehen. In SPHERICON. Ob man der Bundesagentur keine Mitteilung gemacht habe? Der Vermerk in ihrem Zeugnis … Doch die Tür des Busses ist bereits geschlossen. Die Begleiterinnen in den Bussen sind mit Papieren beschäftigt. Also folgt Karla den anderen über das Rollfeld. In diesem Moment weiß sie, dass sie mit den anderen Trainees gehen wird, wie aus Solidarität oder Ratlosigkeit, vielleicht auch ein Gefühl der Endlosigkeit … – jedenfalls weiß sie, dass dies ihre letzten Schritte in Deutschland sind, vielleicht noch fünfzig oder sechzig Schritte über die Rollbahn, dass sie mit den anderen das Flugzeug besteigen und nach Afrika fliegen und nicht mehr zurückkehren wird. Es sind zu viele Trainees. Es sind zu viele Flugzeuge. Der Flug ist viel zu weit. Der Aufwand wäre viel zu groß, um ernsthaft damit zu rechnen, wieder zurückkehren zu können, jedenfalls in absehbarer Zeit – oder auch nach längerer Zeit. Denkt Karla. Ein Gedanke im Gehen. Sie hat ihr Zeugnis bei sich. Welch ein Zeugnis. *Certificate of Professional Application.* Mit einem Vermerk. Aber sie hat keinen Ausweis oder sonstige Papiere bei sich. Wo immer sie auch sein mögen. Noch im Bus bei den Begleiterinnen der Bundesagentur oder schon im Flugzeug. Sie könnte nicht einmal beweisen, wer sie ist oder einmal war. Nur ein Gedanke im Gehen. Neben ihr gehen andere Trainees. Nicht nur einige Gesichter (Nachzügler) aus den Bussen SPHERICONS, sondern auch Absolventen anderer Schulen aus anderen Bussen. Sie hört den Namen TRINITY. Und ALPHA PARK. Offenbar ähnliche Schulen wie SPHERICON. Nur viel größer und renommierter. Und sie hört die Namen weiterer Schulen. Dass SPHERICON die einzige Schule ihrer Art sein soll, wäre in der Tat absurd. Niemand hat etwas Ähnliches behauptet. Sie kommen an die Treppe, die hinauf ins Flugzeug führt. Am oberen Ende wartet ein Uniformierter der Bundesagentur. Er sieht aus wie ein Steward. Seine Hand geht zu einem einladendem Gruß nach oben. Stufe für Stufe kommen sie der Eingangsluke näher. Karla denkt an ihre Eltern. Warum sie sich von SPHERICON aus nie bei ihnen gemeldet hat. Weil sie nicht gewusst hätte, was sie hätte sagen oder schreiben sollen … Und sie denkt an Roland Bergmann. Wo er jetzt wohl ist? Auf einem einsamen Stuhl in der Schulhalle? Oder im Hof als Hausmeister. Sie denkt dies ohne Spott.

Je höher sie kommt, umso schöner weht ihr Haar im Wind. Fast anmutig. Wie bei einer Urlaubsreise. Was auch immer geschehen wird, denkt sie, und verschwindet in der Luke des Flugzeugs.

Der Autor dankt dem Ministerium für Wissenschaft, Forschung und Kunst Baden-Württemberg für die Unterstützung der Arbeit an diesem Buch.

ISBN 3-937667-71-7

Umschlaggestaltung: Christiane Hemmerich
Konzeption und Gestaltung, Tübingen
Herstellung, Gestaltung und Satz: niemeyers satz, Tübingen.
Druck und Einband: Pustet, Regensburg.

Mehr über das Verlagsprogramm von Klöpfer & Meyer
finden Sie unter: *www.kloepfer-meyer.de*